古典詩歌研究彙刊

第七輯

龔鵬程 主編

第 4 冊

張籍及其樂府詩研究（下）

巫淑寧 著

國家圖書館出版品預行編目資料

張籍及其樂府詩研究（下）／巫淑寧 著 ── 初版 ── 台北縣永
和市：花木蘭文化出版社，2010〔民99〕
目 4+156 面；17×24 公分
（古典詩歌研究彙刊 第七輯；第4冊）
ISBN 978-986-254-119-7（精裝）
1.（唐）張籍 2. 學術思想 3. 傳記 4. 樂府 5. 詩評
851.4417   99001703

ISBN - 978-986-254-119-7

9 789862 541197

古典詩歌研究彙刊
第七輯 第四冊   ISBN：978-986-254-119-7

張籍及其樂府詩研究（下）

作　　者　巫淑寧
主　　編　龔鵬程
總 編 輯　杜潔祥
出　　版　花木蘭文化出版社
發 行 所　花木蘭文化出版社
發 行 人　高小娟
聯絡地址　台北縣永和市中正路五九五號七樓之三
　　　　　電話：02-2923-1455／傳真：02-2923-1452
網　　址　http://www.huamulan.tw 信箱 sut81518@ms59.hinet.net
印　　刷　普羅文化出版廣告事業
初　　版　2010 年 3 月
定　　價　第七輯 20 冊（精裝）新台幣 28,000 元

張籍及其樂府詩研究（下）

巫淑寧 著

目

次

上 冊

第一章 緒 論 ……………………………………………… 1

　第一節 研究動機 …………………………………………… 1

　第二節 研究範圍 …………………………………………… 2

　第三節 研究概況 …………………………………………… 2

　第四節 章節安排 …………………………………………… 3

第二章 張籍行實考述 …………………………………… 5

　第一節 生卒考 ……………………………………………… 5

　第二節 里籍考 ……………………………………………… 16

　第三節 家族考 ……………………………………………… 23

　第四節 宦歷考 ……………………………………………… 26

　第五節 交遊考 ……………………………………………… 38

　　一、于鵠 ………………………………………………… 39

　　二、王建 ………………………………………………… 40

　　三、韓愈 ………………………………………………… 45

　　四、白居易 ……………………………………………… 51

　　五、元稹 ………………………………………………… 56

　　六、裴度 ………………………………………………… 58

　　七、劉禹錫 ……………………………………………… 58

　　　八、賈島 ……………………………………… 59

　　　九、其他往來詩友 ……………………………… 61

第三章　張籍所處之時代背景 ……………………… 73

　第一節　政治社會 ……………………………… 73

　第二節　文壇環境 ……………………………… 90

第四章　張籍樂府詩之前承與思想內涵 …………… 143

　第一節　張籍樂府詩題之察考 ………………… 143

　　甲、古題古意 ………………………………… 143

　　乙、古題新意 ………………………………… 154

　　丙、新題新意 ………………………………… 155

　第二節　張籍樂府詩之前承 …………………… 162

　第三節　張籍樂府詩之思想內涵 ……………… 169

下　冊

第五章　張籍樂府詩之內容分析 …………………… 173

　第一節　社會寫實之反映 ……………………… 173

　　一、描述戰爭的殘酷 ………………………… 175

　　二、指陳皇室的驕奢 ………………………… 179

　　三、披露權貴的擅權與無能 ………………… 182

　　四、反映人民的疾苦 ………………………… 188

　　五、代言婦女的境遇 ………………………… 193

　第二節　自然風物之歌頌 ……………………… 197

　第三節　別離與思鄉情懷之吟詠 ……………… 200

第六章　張籍樂府詩之形式探析 …………………… 203

　第一節　語言風格 ……………………………… 203

　　甲、語言格式 ………………………………… 203

　　乙、語言特色 ………………………………… 208

第二節　創作技巧 ………………………………… 212

　一、從表現技巧而言 …………………………… 212

　　（一）鋪敍 …………………………………… 212

　　（二）白描 …………………………………… 213

　　（三）對比 …………………………………… 214

（四）譬喻 ………………………… 215

（五）比擬 ………………………… 216

（六）借代 ………………………… 217

（七）暗示 ………………………… 218

（八）襯托 ………………………… 218

（九）用典 ………………………… 219

（十）反復 ………………………… 222

（十一）變換 ……………………… 223

二、從敘述手法而言 ………………… 223

（一）篇章結構 …………………… 223

（二）人稱 ………………………… 225

三、從遣詞用字而言 ………………… 226

（一）疊字入詩 …………………… 226

（二）喜用頂眞 …………………… 229

第七章　張籍樂府詩之評價與影響 ……… 231

第一節　歷代詩論家之評價 ………… 231

甲、唐、五代時期 ………………… 231

乙、宋、元時期 …………………… 235

丙、明代時期 ……………………… 238

丁、清、近代時期 ………………… 243

第二節　並世與後世之影響 ………… 253

第八章　結　論 ……………………………… 259

附　錄 ………………………………………… 263

壹、唐張文昌先生籍年表 …………… 263

貳、張籍樂府詩彙評 ………………… 277

參、張籍研究論著集目 ……………… 301

參考書目 ……………………………………… 315

第五章　張籍樂府詩之內容分析

第一節　社會寫實之反映

　　張籍獨深於詩，兼工眾體，尤擅樂府。他的樂府詩，在樂府發展史上占極重要的地位。白居易贊之云：「尤工樂府詩，舉代少其倫」（〈讀張籍古樂府〉）。〔註1〕姚合譽之云：「絕妙〈江南曲〉，淒涼〈怨女詩〉。古風無手敵，新語是人知。」（〈贈張籍太祝〉）宋・周紫芝云：「唐人作樂府者甚多，當以張文昌為第一。」（《竹坡詩話》）。元・范椁論樂府篇法云：「張籍為第一，王建近體次之，長吉虛妄不必效，岑參有氣，惜語硬，又次之」（《木天禁語》）。綜上諸評，不難概知張籍樂府於當時與後世皆有甚高之評價。

　　《張司業集》現存詩四百七十三首，據張修蓉《中唐樂府詩研究》的統計約可分為：樂府詩九十首；沿用樂府古題，摹寫古意的有三十三首；沿用樂府古題而自創新辭，不拘原意與原聲調的有五首；採用新題抒寫新意的有五十二首。〔註2〕其中，古題樂府之內容與精神，

〔註1〕從白居易〈讀張籍古樂府〉（《白居易集箋校》卷第一）詩，足見白居易之於張籍，可謂推崇倍至。又詩中所云〈勤齊〉及〈商女〉二詩，今本《張籍集》及《全唐詩》俱未載，蓋已亡佚。張洎〈張司業集序〉中云：「皇朝多故，荐經離亂，公之遺集，十不存一。」（《張籍詩集》，頁110）。

〔註2〕參見張修蓉《中唐樂府詩研究》，臺北，文津出版社，1985年10月

和自創新題者並無二致，都是「爲時而著」、「爲事而作」，反映現實生活的寫實作品。〔註3〕張籍身出寒微，長年屈居下僚，又兼之以眼疾，故生活較爲清苦。嘗有詩云：「長安多病無生計，藥鋪醫人亂索錢」（〈贈任道人〉，《張籍詩集》卷六）。從其自身之體會，和所處的環境，使他對下層社會、民間疾苦，在詩歌的創作上，較能發揮情感上的同情與瞭解。因而將他自身的困頓與人民的苦難結合起來，〔註4〕寫出平易近人，又不流於俚俗的社會寫實作品。藉以暴露社會的黑暗，政治的腐敗，官吏的無能欺民，尤其道出在如此惡劣環境的時代，平民布衣的無奈與悲哀。張籍樂府詩創作的內容，處處流露他對社會、對人民的關懷。其中的古題樂府多非「沿襲古題，唱和重複」，

版，頁14～30。

〔註3〕 唐代詩歌自杜甫開創寫實一派，以詩歌暴露社會眞象的作品日益增多。至中唐‧元稹、白居易，探討「文章合爲時而著，詩歌合爲事而作」（〈與元九書〉，《白居易集箋校》卷第四十五）的理論，使得此一詩歌寫實運動發展至顛峰。關於「寫實」一詞，在黃景進〈中國詩中的寫實精神〉提到：「所謂『寫實』（Realistic）是指忠實地反映客觀世界，這是由西方引進來的觀念。談到寫實精神，一般人都會想到十九世紀中期以後的寫實主義（Realism），這種主義可以說是浪漫主義（Romanticism）的反動。……，尤其是十九世紀中葉，自然科學勃興，實證主義流行，一般人對浪漫派的作品更爲反感，於是有寫實主義起來，強調以客觀的態度描寫現實」。（收入《中國詩歌研究》，臺北，中央文物供應社，1985年6月，頁307）。然而，梁啓超對寫實精神則講得更清楚扼要：「寫實派的作法，作者把自己情感收起，純用客觀態度描寫別人的情感。作法要領，是要將客觀事實照原樣極忠實的寫出來，還要寫得詳盡，因爲如此，所以寫的是三幾個尋常人的尋常行事或是社會上眾人共見的現實，截頭截尾單把一部分狀態委細曲折傳出，簡單說，是專替人類作斷片的寫照。」（收入氏著《中國韻文裏頭所表現的情感》，臺北，中華書局，1992年12月，頁65）。

〔註4〕 張籍在科舉考試上雖然順利，但他在仕途上很不得意，久爲太常寺太祝，生活很窮困。又患了三年嚴重的眼疾。然而就當時（唐貞元、元和年間）的社會情況，從表面上看來，國家雖然統一，社會也較安定，但從內政來看，藩鎮的割據，宦官的專權，戰亂時起，遣兵征戍，賦稅繁重；從外交看來，安史亂後，回紇、吐蕃的寇邊，造成人民生活顚沛流離，民不聊生。

而是「寓意古題，刺美見事」（〈樂府古題序〉，《元稹集》卷第二十三），表現現實生活；其新題樂府，更廣泛而真實地反映了各方面的社會生活。

張籍樂府詩的內容，對於異族的侵略、戰爭的殘酷、皇室的驕奢、權貴的擅權與無能、人民的疾苦、婦女的遭遇，都有真切的著墨，反映出中唐社會生活的廣闊畫面。本文即針對張籍樂府詩歌中的社會寫實內容，進行探討，除了初步研究張籍在樂府詩歌創作中的寫實精神，同時也經由這些文學作品來觀察中唐的社會問題。

張籍身處於內憂外患的擾攘亂世，人民流離失所，觸目驚心。是以詩人以其敏銳的觀察力與悲天憫人之志，蒿目時艱，以「俗言俗事入詩」，﹝註5﹞著力於寫實。由於以同情心寫實，作品就往往自然流露出諷諭之義。﹝註6﹞本文擬就：一、描述戰爭的殘酷；二、指陳皇室的驕奢；三、披露權貴的擅權與無能；四、反映人民的疾苦；五、代言婦女的境遇五方面，對張籍樂府詩中之社會寫實內容逐一論述。

一、描述戰爭的殘酷

自唐高祖李淵開創有唐一代，歷貞觀、開元文治昌明，武功頂盛之世。迨至玄宗天寶末年，安史亂起，中央政府為捻平亂事，坐令藩鎮奪權割據，致使中央權力相對削弱，不僅不能抵抗外族入侵，亦無能保障人民免於災難。中唐以降，人民長年飽受兵刀血光，生活顛沛流離，內有藩鎮割據，外有異族侵擾，致令國家淪亡，社會動盪不安，家庭破碎，人民顛沛流離。

在戰爭的肆虐下，使得繁榮一時的首都長安與東都洛陽，備遭破壞，百姓亦罹兵災。張籍於〈隴頭行〉中，描寫外族入侵，西北邊陲陷入胡人之手，希望朝廷能收復失土，詩云：

﹝註5﹞ 見明・胡震亨《唐音癸籤》卷七，上海，上海古籍出版社，1984年
　　　　8月一版二刷，頁66。
﹝註6﹞ 參見羅宗強《隋唐五代文學思想史》，上海，上海古籍出版社，1986
　　　　年8月一版一刷，頁281～282。

隴頭路斷人不行，胡騎已入涼州城。漢兵處處格鬥死，一
朝盡沒隴西地。驅我邊人胡中去，散放牛羊食禾黍。去年
中國養子孫，今著氈裘學胡語。誰能還使李輕車，重取涼
州屬漢家。（《張籍詩集》卷七）

詩寫涼州失陷悲慘情景，並以「誰能還使李輕車，重取涼州屬漢家」
收尾，直述人民的心聲，表達出詩人同情戰亂邊地百姓，盼望早日收
復失地的眞摯情感。在文辭之間，揉雜關懷人民，心嚮太平盛世，以
及強烈的民族情感。由於內憂外患，干戈連年，人民備受外族侵擾與
亂兵掠奪，只好罷耕逃難、輾轉流徙或匿居深山，如〈董逃行〉一詩：

洛陽城頭火瞳瞳，亂兵燒我天子宮。宮城南面有深山，將
盡老幼藏其間。重巖爲屋椽爲食，丁男夜行候消息。聞道
官軍猶掠人，舊里如今歸未得。董逃行，漢家幾時重太平。

（《張籍詩集》卷七）

張籍藉古諷今，以董卓之亂，諷唐代藩鎮之禍。描寫洛陽兵荒馬亂，
人民逃亡的情景。此與杜甫：「殿前兵馬雖驍雄，縱暴略與羌混同。
聞道殺人漢水上，婦人多在官軍中。」（〈三絕句〉，《杜詩詳註》卷之
十四）有異曲同工之妙。兩者均寫官兵迫害人民，揭露中唐政治的腐
敗。詩人借古題寫時事，眞實沉痛。張籍以「董逃行，漢家幾時重太
平」作結，喊出人民對太平盛世的渴望。其在〈西州〉（五言古詩）
中亦云：「良馬不念秣，烈士不苟營。所願除國難，再逢天下平。」
（《張籍詩集》卷一）說明詩人在國難當頭的強烈使命感，字裏行間
流露出「但使龍城飛將在，不教胡馬渡陰山」（王昌齡〈出塞〉，《全
唐詩》卷十八）的企盼。

〈隴頭行〉與〈董逃行〉都揭露出戰將的無能，而在〈永嘉行〉，
詩人亦借西晉永嘉之亂，描寫當時藩鎮擁兵自重，不發一兵一卒以禦外
患，藉以保有實力。致令中央政權內憂外患，岌岌可危之情景，詩云：

黃頭鮮卑入洛陽，胡兒執戟升明堂。晉家天子作降虜，公
卿奔走如驅羊。紫陌旌旛暗相觸，家家雞犬驚上屋。婦人
出門隨亂兵，夫死眼前不敢哭。九州諸侯自顧土，無人領

> 兵來護主。北人避胡皆在南，南人至今能晉語。（《張籍詩集》
> 卷一）

詩人以「奔走如驅羊」，比喻公卿貴族倉皇出走的狼狽相，以示對尸位素餐者的輕視。「紫陌旌旛暗相觸，家家雞犬驚上屋。婦人出門隨亂兵，夫死眼前不敢哭。」著重描寫兵燹遍野，平民百姓的苦難。詩人以晉末「五胡亂華」，側寫現實。其實歷史只是創作的骨幹，現實百姓的疾苦才是作品的內容。宋・曾季貍謂：「張籍樂府甚古，如〈永嘉行〉尤高妙。」〔註7〕此處之「高妙」，是指頗具漢代樂府風格，亦即清・翁方綱評張籍樂府詩云：「眞善於紹古者」〔註8〕之語。張籍描繪了雜亂的社會現實，反映出詩人憂國憂民的心情。

　　在張籍樂府詩中，諷諭戰爭悲慘的代表性作品爲〈征婦怨〉，詩云：

> 九月匈奴殺邊將，漢軍全沒遼水上。萬里無人收白骨，家
> 家城下招魂葬。婦人依倚子與夫，同居貧賤心亦舒。夫死
> 戰場子在腹，妾身雖存如畫燭。（《張籍詩集》卷一）

詩中征婦如泣如訴，悲慟欲絕地道出丈夫戰死沙場，自己又身懷遺腹子的景況。死者已矣，未來只是茫然與無助。戰爭的殘酷，是人民不得不承擔的苦難，也是詩人感同身受的現實景況。讀詩至此，彷然身陷戰爭、親離、兵荒、馬亂的歷史現場。看見一個哭倒在殘垣中的懷孕寡婦，一段以生民爲芻狗的血光祭禮。張籍不必明槍執戟地反對窮兵黷武的侵略戰爭，反借「夫死戰場子在腹，妾身雖存如畫燭。」提出對戰爭的嚴厲控訴。戰爭像無情的漩渦，捲走了人民的親情、幸福、財產與性命。大量的人民被送往邊疆，大量的百姓被殘酷地犧牲。從寡婦心中的淒涼，反映出人民對戰爭的怨恨，與邊將的無能。青年時代的張籍，身處「年年征戰不得閒，邊人殺盡唯空山」（〈塞上曲〉，《張

〔註7〕見宋・曾季貍《艇齋詩話》，收入丁福保輯《歷代詩話續編》上冊，臺北，木鐸出版社，1988年7月初版，頁295。
〔註8〕見清・翁方綱《石洲詩話》卷二，臺北，木鐸出版社，1982年5月，頁64。

籍詩集》卷七）的現實生活中，他把自己的愛憎傾注於毫端：「山頭
松柏多無主，地下白骨多於土」（〈北邙行〉，《張籍詩集》卷一）；「可
憐萬里關山道，年年戰骨多秋草」（〈關山月〉，《張籍詩集》卷一）。
同情百姓，筆伐戰亂，成爲詩人作品中的主要題材。又如〈妾薄命〉、
〈別離曲〉、〈望行人〉、〈寄衣曲〉、〈思遠人〉、〈遠別離〉、〈車遙遙〉
等詩，皆是代征婦發言之作，而這首〈征婦怨〉無論主題思想和藝術
手法都堪稱爲一篇有代表性的作品，故清‧吳瑞榮《唐詩箋要》云：
「說征婦怨者甚多，慘淡經營，定推文昌此首第一。」〔註9〕

　　由於戰爭突起，人民爲避亂逃離家園，以致村落荒涼、屋宇空廢，
農業生產遭到嚴重破壞的悲涼情景，在〈廢宅行〉中有深刻的描述，
詩云：

> 胡馬崩騰滿阡陌，都人避亂唯空宅。宅邊青桑垂宛宛，野蠶
> 食葉還成繭。黃雀啣草入燕窠，喞喞啾啾白日晚。去時禾黍
> 埋地中，饑兵掘土翻重重。鴟梟養子庭樹上，曲牆空屋多旋
> 風。亂定幾人還本土，唯有官家重作主。（《張籍詩集》卷七）

詩一落筆，就描繪出一幅吐蕃入侵、百姓逃難的景象。由於吐蕃兵馬
肆無忌憚地恣意橫行，使得莊稼被毀，村鎮被焚燒破壞。本是街市繁
華、人煙阜盛的京畿，頓時變得荒涼冷落。「宅邊青桑垂宛宛，野蠶
食葉還成繭。黃雀啣草入燕窠，喞喞啾啾白日晚。」生動地描述出荒
涼頹廢的空宅景象，突出廢屋空曠已久，居第無人，任蓬蒿自生，鳥
雀繁衍，野蠶作繭，蛛網張掛。此詩客觀地反映了唐代外患頻仍，造
成人民的災難。詩人的描述，實際上也是對唐代當權者的軟弱無能，
不能拯救人民於水火之中，卻豢養大批軍隊，維持政權，苟延殘喘的
辛辣諷刺。詩人進一步描寫，宅第空曠，瘡痍滿目，到處坑坑窪窪，
山林中的鴟梟，如今已在庭樹上築巢養子了。清‧賀裳《載酒園詩話》
又編云：「〈廢宅行〉曰：『宅邊青桑垂宛宛……曲牆空屋多旋風。』……

〔註9〕　清‧吳瑞榮《唐詩箋要》此評，轉引自陳伯海主編《唐詩彙評‧張
　　　　籍》中冊，杭州，浙江教育出版社，1995 年 5 月一版一刷，頁 1895。

張之傳寫入微……」〔註10〕詩人在廢宅荒涼後，慨然嘆曰：「亂定幾
人還本土，唯有官家重作主。」胡適曾對此大加讚賞，他說：

> 末兩句眞是大膽的控訴。大亂過後，皇帝依舊回來作他的
> 皇帝。只苦了那些破產遭劫殺的老百姓，有誰顧惜他們。
> 〔註11〕

中唐是一個內憂外患，紛亂擾攘的時代。張籍生逢其時，身受戰火肆
虐蹂躪，既深且久。詩人即以此爲題材，將戰爭的悲慘情狀，涵化於
詩歌創作之中，爲廣大人民振發出不平之鳴。清・翁方綱評張籍的樂
府詩云：

> 張（籍）、王（建）樂府，天然清削，不取聲音之大，亦不
> 求格調之高，此眞善於紹古者。……，而眞切過之。〔註12〕

可謂對張籍樂府作了頗爲中肯的評論。

二、指陳皇室的驕奢

　　安史之亂後，唐皇室由開元盛世，國勢開始衰弱。儘管生民塗炭，
唐室卻仍笙歌不輟，貪圖享樂，縱情聲色，不思振作。所以，張籍詩
作中，也借古諷今對君王腐化奢靡生活譏嘲一番。如〈吳宮怨〉云：

> 吳宮四面秋江水，江清露白芙蓉死。吳王醉後欲更衣，座上美人
> 嬌不起。宮中千門復萬戶，君恩反復誰能數。君心與妾既不同，徒向君
> 前作歌舞。茱萸滿宮紅實垂，秋風嫋嫋生繁枝。姑蘇臺上夕燕罷。它人
> 侍寢還獨歸。白日在天光在地，君今那得長相棄。（《張籍詩集》卷一）

　　詩中借一個吳宮妃嬪的哀怨，諷刺吳王夫差戰勝越國後，驕縱狂
妄，沈湎酒色的舊事，暗指唐宮中的腐朽生活。張籍藉古諷今，寫出
了宮女的痛苦和不幸，並表達她們的不滿與憤怒，譏諷君王妃嬪眾

〔註10〕見清・賀裳《載酒園詩話》又編，收入郭紹虞編選、富壽蓀校點《清
　　　　詩話續編》，臺北，木鐸出版社，1983 年 12 月初版，頁 357。
〔註11〕參見胡適《白話文學史》上卷，第二編・唐朝，臺北，遠流出版事
　　　　業股份有限公司，1986 年 7 月一版，頁 150。
〔註12〕同註 8。

多，耽逸後宮，廢弛朝政。再如〈烏棲曲〉中，亦揭露君王耽於聲色飲酒的生活，詩云：

> ⋯⋯吳姬採蓮自唱曲，君王昨夜船中宿。（《張籍詩集》卷七）

在〈楚妃怨〉中，也是藉古諷今，詩人藉楚妃之歎，諷諭君王荒於遊獵，詩云：

> 湘雲初起江沈沈，君王遙在雲夢林。江南雨多旌旆暗，臺下朝朝春水深。章華殿前朝萬國，君心獨自終無極。楚兵滿地兼逐禽，誰用一身騁筋力。西江若翻雲夢中，麋鹿死盡應還宮。（《張籍詩集》卷七）

詩的末四句，寫君王流連忘返於遊獵生活之中，歷歷在目。在〈宮詞〉（其一，《張籍詩集》卷六）中，也說到「白日君王在內稀」，君王縱情地在郊外狩獵，直到「薄暮千門臨欲鎖」之時才回宮。

〈楚宮行〉雖寫楚宮，實指今上。詩中委婉曲折地揉雜憤忿之情，揭露了唐皇室的奢華生活，詩云：

> 章華宮中九月時，桂花未落紅橘垂。江頭騎火照輦道，君王夜從雲夢歸。霓旌鳳蓋到雙闕，臺上重重歌吹發。千門萬戶開相當，燭籠左右列成行。下輦更衣入洞房，洞房侍女盡焚香。玉階羅幃微有霜，齊言此夕樂未央。玉酒湛湛盈華觴，絲竹次第鳴中堂。巴姬起舞向君王，迴身垂手結明璫。願君千年萬年壽，朝出射麋夜飲酒。（《張籍詩集》卷一）

詩人用「章華宮」、「紅橘垂」、「霓旌鳳蓋」、「玉階羅幃」、「輦道」、「侍女」、「巴姬」、「玉酒」、「華觴」等詞語，著力表現宮中豪華奢侈的生活，並在末兩句「願君千年萬年壽，朝出射麋夜飲酒。」以反寫手法體現了詩人對皇室驕奢淫逸的憎惡與憤慨。〔註13〕

唐代君王的驕奢，更表現在對農民的剝削上，如〈洛陽行〉一詩云：

> 洛陽宮闕當中州，城上峨峨十二樓。翠華西去幾時返，梟巢乳鳥藏蟄燕。御門空鎖五十年，稅彼農夫修玉殿。六街

〔註13〕同註8。

朝暮鼓鼕鼕，禁兵持戟守空宮。百官日月拜章表，驛使相
續長安道。上陽宮樹黃復綠，野豸入苑食麋鹿。陌上老翁
雙淚垂，共說武皇巡幸時。（《張籍詩集》卷七）

安史之亂後，唐皇不再巡幸洛陽城，雖然「御門空鎖五十年」，但卻
「稅彼農夫修玉殿」，使得在安史之亂中遭到嚴重破壞的洛陽宮殿，
豪華依舊，徒設官吏看管「空宮」。一個「空宮」尚且如此，而京都
長安宮室的豪奢，也就可想而知了。

　　唐朝的皇帝自附於老子的後裔，尊道教為國教，多嗜丹藥求仙之
積習，學仙、求仙的風氣曾在唐代盛行一時，上自君臣，下至百姓，
〔註14〕乃至公主貴婦，入道院作女道士，文人也往往以隱居修道，作
為追求仕宦的終南捷徑。張籍的〈學仙〉、〈求仙行〉即是為此而發的。
〈求仙行〉詩云：

漢皇欲作飛仙子，年年採藥東海裏。蓬萊無路海無邊，方
士舟中相枕死。招搖在天迴白日，甘泉玉樹無仙實。九皇
真人終不下，空向離宮祠太乙。丹田有氣凝素華，君能保
之昇絳霞。（《張籍詩集》卷一）

詩寫漢武帝在甘泉宮求仙的故事，以「玉樹無仙實，九皇真人終不
下」，諷刺求仙供神的荒誕和愚妄，目的仍是藉古諷今，可能針對唐
憲宗晚年熱衷求仙，誤信方士，服食藥石，終至身亡的下場，〔註15〕
有感而發。詩的末兩句「丹田有氣凝素華，君能保之昇絳霞」，蓋言

〔註14〕唐朝皇帝多崇信道教，玄宗極力提倡，此時為道教極盛時期。武宗
　　　　崇信尤篤。史載：武宗時全國有道觀一千六百八十七所之多。（見唐·
　　　　李林甫等撰《唐六典》卷第四，北京，中華書局，1992年1月一版
　　　　一刷，頁125。）道教之所以如此興盛，在於道士進「長生不老」的
　　　　金丹秘藥，成為當時的風尚。中唐以後，流行所及，上自君臣，下
　　　　至百姓，多信丹餌。特別是皇帝為企求長生不老，到處求仙，冀獲
　　　　靈藥。
〔註15〕宋·司馬光《資治通鑑》卷二百四十一，〈唐紀〉五十七云「（憲宗
　　　　元和十五年）上服金丹，多躁怒，左右宦官往往獲罪，有死者，人
　　　　人自危；庚子，暴崩於中和殿。時人皆言內常侍陳弘志弒逆，其黨
　　　　類諱之，不敢討賊，但云藥發，外人莫能明也。」（上海，上海古籍
　　　　出版社，1990年6月，頁1657）。

君王若能反求諸己，調息攝生，則必健康長壽。張籍在〈學仙〉詩中，將學仙之虛誕欺人，揭露無遺，詩云：「先王知其非，戒之在國章」。〔註16〕所以諷後代君王，癡迷愚信，誤國喪生，故白居易贊之云：「讀君學仙詩，可諷放佚君」（《白居易集箋校》卷第一）。

三、披露權貴的擅權與無能

中唐時代，朝廷官僚貪污腐敗，藩鎮囂張跋扈，使得人民在當朝擅權與邊將無能的情況下，飽受欺壓迫害。在張籍詩歌中，對此政治腐敗情形，也有所揭露與抨擊。如〈猛虎行〉云：

> 南山北山樹冥冥，猛虎白日繞林行。向晚一身當道食，山中麋鹿盡無聲。年年養子在空谷，雌雄上山不相逐。谷中近窟有山村，長向村家取黃犢。五陵年少不敢射，空來林下看行跡。（《張籍詩集》卷一）

這是一首藉古題〔註17〕寫今事的諷諭詩，詩中真切地描寫了猛虎的霸道、囂張、兇殘和貪婪，借物喻人，刻畫出當權者窮兇極惡的醜態。古人將殘暴的當權者稱為虎狼當道，在這裏「當道」一詞，語意雙關，既指猛虎明目張膽，當道而食，更喻指當權者的飛揚跋扈，寓意於言外。「麋鹿無聲」則暗指人民在當權者的殘害下，忍氣吞聲的悲慘情

〔註16〕張籍〈學仙〉詩云：「樓觀開朱門，樹木連房廊。中有學仙人，少年休穀糧。高冠如芙蓉，霞月披衣裳。六時朝上清，佩玉紛鏘鏘。自言天老書，祕覆雲錦囊。百年度一人，妄泄有災殃。每占有仙相，然後傳此方。先生坐中堂，弟子跪四廂。金刀截身髮，結誓焚靈香。弟子得其訣，清齋入空房。守神保元氣，動息隨天罡。爐燒丹砂盡，晝夜候火光。藥成既服食，計日乘鸞鳳。虛空無靈應，終歲安所望。勤勞不能成，疑慮積心腸。虛贏生疾　，壽命多夭傷。身歿懼人見，夜埋山谷傍。求道慕靈異，不如守尋常。先王知其非，戒之在國章。」（《張籍詩集》卷七）

〔註17〕〈猛虎行〉原是樂府古題，前人多用來借喻有志之士。宋・郭茂倩《樂府詩集》第三十一卷：「古辭曰：『饑不從猛虎食，暮不從野雀棲。』……《樂府解題》曰：晉陸機云『渴不飲盜泉水』，言從遠役，猶耿介，不以艱險改節也。」（臺北，里仁書局，1981年3月一版一刷，頁462～463。）到了張籍，才以猛虎諷諭當權者的窮兇極惡。

景。在末兩句，更暗喻了那些身負治安之責的朝廷武將懾於虎威，詩人在此一方面，揭露當權者的凶橫，另一方面，又對朝廷武將的庸懦無能，給予尖銳的諷刺。這首詩句句設喻，每一句盡在寫虎，無一句不在寫人，寓意深遠。

　　在明・周敬、周珽《唐詩選詠會通評林》即言：「國有大害，憑威猛以肆毒，而畏縮養奸者徒徇名位，罔所剪除，讀經豈不赧然？」〔註18〕於此可見文人的社會使命感。張籍在〈沙堤行呈裴相公〉一詩中云：

> ……宮中玉漏下三刻，朱衣導騎丞相來。路傍高樓息歌吹，
> 千車不行行者避。街官闤吏相傳呼，當前十里惟空衢。……
>
> （《張籍詩集》卷一）

於此我們可見當時權貴出行之時，盛大的排場和威風的情景，與〈猛虎行〉詩中，所描寫猛虎的凶橫，似乎並沒有兩樣；但在〈傷歌行〉中，所描繪的卻是完全不同的兩種情景，其詩云：

> 黃門詔下促收捕，京兆尹繫御史府。出門無復部曲隨，親
> 戚相逢不容語。辭成謫慰南海州，受命不得須臾留。身著
> 青衫騎惡馬，東門之外無送者。郵夫防吏急喧驅，往往驚
> 墮馬蹄下。長安里中荒大宅，朱門已除十二戟。高堂舞榭
> 鑠管絃，美人遙望西南天。（《張籍詩集》卷一）

詩中對楊憑被貶官制罪〔註19〕時的狼狽光景，描寫得極為詳細，使同時代的人讀後，很容易地把當時當地的情景，和那京兆尹顯赫的過去

〔註18〕明・周敬、周珽《唐詩選詠會通評林》此評，轉引自陳伯海主編《唐詩彙評・張籍》中冊，杭州，浙江教育出版社，1995 年 5 月一版一刷，頁 1898。

〔註19〕楊憑在唐・憲宗元和年間，任京兆尹，因罪被貶為臨賀尉。據《舊唐書》記載：「自貞元以來居方鎮者，為德宗所姑息，故窮極僭奢，無所畏忌。及憲宗即位，以法制臨下，夷簡首舉憑罪，故時議以為宜。」（按：夷簡為御史中丞李夷簡。卷一百四十六，頁 3968。）清・沈德潛《唐詩別裁集》卷八云：「此為楊憑貶臨賀尉而作。憑為京兆尹，廣蓄姬妾，築第逾制，為人糾劾，貶之。」（頁 273。）張籍將親眼見到楊憑被貶時的種種情況，寫成〈傷歌行〉一詩。

加以聯想，從中汲取足夠的教訓。我們如果再把這首詩和〈董公詩〉
〔註20〕聯繫起來，可以清楚的看出：

> 詩人是有意識地想通過藝術的形式，爲當時強橫的藩鎮
> 們，提供兩條不同的道路，供他們選擇和借鑑。〔註21〕

故白居易云：「讀君〈董公詩〉，可誨貪暴臣。」（《白居易集箋校》卷
第一）

在張籍樂府詩作中，描寫權貴迫害人民爲主題的作品，從多方面
深入闡述，顯現詩人對時代脈動，敏銳的感情與悲憫的胸襟。如〈牧
童詞〉云：「牛牛食草莫相觸，官家截爾頭上角。」（《張籍詩集》卷
一）〔註22〕此詩借牧童口吻，筆意在若有若無之間，含蓄地表現人民
對官府的畏懼，與對抗的心情。〈朱鷺曲〉與〈雀飛多〉則是緣事而
發，觸物興懷之作：

〔註20〕董公，德宗朝宰相董晉。董公曾協助朝廷平定藩鎮的叛亂，其爲人
謙愿儉簡，勤政愛民，仁惠普及，四方承風。〈董公詩〉即在頌揚董
公，實欲爲群臣樹立楷模，故白居易謂此詩可「下誨藩臣」。其詩云：
「誰主東諸侯，元臣隴西公。旌節居汴水，四方皆承風。在朝四十
年，天下誦其功。相我明天子，政成如太宗。東方有艱難，公乃出
臨戎。單車入危城，慈惠安群兇。公謂其黨言，汝材甚驍雄，爲我
帳下士，出入衛我躬。汝息爲我子，汝親我爲翁。眾皆相顧泣，無
不和且恭。其父教子義，其妻勉夫忠。不自以爲資，奉上但顒顒。
公衣無文采，公食少肥濃。所憂在萬人，人實我寧空。輕刑寬其政，
薄賦施租庸。四郡三十城，不知歲饑凶。天子臨朝喜，元老置在東。
今聞揚盛德，就安我大邦。百辟賀明主，皇風恩賜重。朝廷有大事，
就決其所從。海內既無虞，君臣方肅雍。端居任僚屬，宴語常從容。
翩翩者蒼烏，來巢於林叢。甘瓜生場圃，一帶連實中。田有嘉穀異，
隴畝穗亦同。賢人佐聖人，德與神明通。感應我淳化，生瑞我地中。
昔者此州人，但矜馬與弓。今公施德禮，自然威武崇。公與其百年，
受祿將無窮。」（《張籍詩集》卷七）
〔註21〕參見華忱之〈略談張籍及其樂府詩〉，《文學遺產增刊》第七輯，頁102。
〔註22〕唐朝自安史之亂後，藩鎮割據，內亂不停。官府藉口軍需，搶奪、
宰殺民間耕牛，是常見之事。在元稹〈田家詞〉云：「六十年來兵簇
簇，月月食糧車轆轆。一日官軍收海服，驅牛駕車食牛肉，歸來收
得牛兩角。」（《元稹集》卷第二十三）便是明證。張籍此詩所指，
或與不滿官府這種擄掠行徑有關。

……避人引子入深塹，動處水紋開灩灩。誰知豪家網爾軀，
不如飲啄江海隅。(〈朱鷺曲〉，《張籍詩集》卷一)

雀飛多，觸網羅，網羅高樹顛。汝飛蓬蒿下，勿復投身網
羅間。粟積倉，禾在田，巢在鷦，望其母來還。(〈雀飛多〉，
《張籍詩集》卷七)

詩以羅網喻官府的嚴酷統治，鷺雀喻求生無路之人民，托諸比興，而
感時撫事之意，仁民愛物之心，俱見於此。

　　中唐時代，吐蕃連年興兵，騷擾唐地，掠州奪縣。代宗廣德元年
（西元 763 年），河西隴右之地盡陷吐蕃。德宗建中四年（西元 783
年）與吐蕃訂清水之盟，喪失了大片土地。〔註23〕然而，張籍是一位
關心時事和社會問題的詩人，是以對於割地苟安的投降政策，作了有
力的抨擊，並反映中唐國勢衰微，疆土日蹙的現實。請看〈涼州詞〉
（其一）：〔註24〕

　　邊城暮雨雁飛低，蘆笋初生漸欲齊。無數鈴聲搖過磧，應
　　馱白練到安西。(《張籍詩集》卷六)

本詩描寫邊城的荒涼蕭瑟，前兩句寫俯仰所見的景象，並點出地點、
時間、天氣、季節。詩人藉景寄情，以悲景（陰沉昏暗的雨景），烘
托出作者鬱鬱不平的情懷。在如此悲景之下，詩人緊扣「絲綢之路」
上，最典型的景象，由景物描寫過渡到人事：「無數鈴聲搖過磧，應
馱白練到安西」，〔註25〕飄蕩在那沙漠上的駝鈴聲中，讓詩人的想像

〔註23〕唐王朝與吐蕃於德宗建中四年，「清水會盟」以來，德宗李适以「國
　　　　家務息邊人，外其故地，棄利蹈義。」(後晉・劉昫等撰《舊唐書》
　　　　卷一百九十六下，北京，中華書局，1991 年 12 月一版四刷，頁 5247。)
　　　　與吐蕃苟和，以「今國家所守界：涇州西至彈箏峽西口，隴州西至
　　　　清水縣，鳳州西至同谷縣，曁劍南西山大渡河東，為漢界。」(同前)
　　　　公然承認前此被占州縣為吐蕃領地。
〔註24〕〈涼州詞〉，唐代樂曲名，源於按照涼州地方樂曲譜寫的歌詞，多反
　　　　映邊塞生活與邊塞風光。張籍〈涼州詞〉共三首。涼州郡治在今甘
　　　　肅武威縣，是屏障京城長安的重鎮，也是絲綢之路必經之地，於唐
　　　　廣德元年為吐蕃佔據。
〔註25〕磧，指沙漠。安西，唐代六都護府之一，為西北邊陲重鎮，後淪為

空間在夐遠的沙漠中飛馳，想到國運衰頹，想到綿延通過安西的「絲綢之路」，駝隊仍然馱著白練迤邐而去，而安西卻久陷異域。一方面反映安西被強佔、絲綢被掠奪；另方面則指陳故土淪亡、政府無能。其情思沉痛，語調哀怨。「無數鈴聲搖過磧，應馱白練到西安。」這是詩人的情思所注，也是詩作的點睛之筆。

　　唐代河隴失守，並非吐蕃十分強盛，主要是邊將的貪婪無度，顢頇無能，內附部落離心，居民無法生活，只好放棄土地，輾轉東徙。〔註26〕早期吐蕃入侵，志在掠奪財物，擄走人畜，並不佔有土地。鎮守的邊將不僅不與敵人作戰，反而在敵人退走後，謊報驅敵出塞，邀功請賞。如此邊將，想要收復失地是不可能的，所以詩人在〈涼州詞〉（其二）就直接諷刺了此事，詩云：

> 鳳林關裏水東流，白草黃榆六十秋。邊將皆承主恩澤，無
> 人解道取涼州。（《張籍詩集》卷六）

清・吳瑞榮《唐詩箋要》言此首比前首（〈涼州詞〉（其一））更唾罵痛快，全以激昂之意發之。〔註27〕詩人先從當地風物詠起：鳳林關（唐朝與吐蕃的交界處）裏，流水無情，草木無知，年年春去秋來，已過去六十年了。詩的前兩句，字面上是寫景，但實為言事。涼州從代宗初年（西元762年）失陷，到詩人寫這首詩（西元824年）時，逾六十年淪為異土。但詩中不明說此事，而以荒涼景色暗示，藉景言事。然而，為何國土失陷如此之久？邊民災難如此之深？〔註28〕在此，詩

吐蕃之地。
〔註26〕同註23，卷一百三十三〈李晟傳〉云：「河隴之陷也，豈吐蕃力取之。皆因將帥貪暴，種落攜貳，人不得耕稼，展轉東徙，自棄之耳。」（頁3671）。
〔註27〕同註9，頁1920。
〔註28〕吐蕃占領涼州後，迫令所有唐人遵從他們的生活習慣，並一律改穿吐蕃服。當時人民因思念故國，時而逃回唐境。奈唐邊將昏聵貪功，妄圖邀賞，竟將心嚮大唐的棄民，誣為吐蕃之戰俘。邊將如此惡行惡狀，教邊民才出水火，又陷虎牢。白居易、元稹各有一首〈縛戎人〉，栩實地記錄了這樣的時代悲劇。歷史所展現的邊將面形象是：侵害百姓、謊報軍功、騙取獎賞，草菅人命。悲劇的衝突性，激發

人發出了深沈的感慨、憤激的譴責，逼出詩末兩句，轉入議論，揭示了涼州自失陷後，唐王朝不思進取，邊將亦有負皇恩，不肯收復失地。張籍的〈涼州詞〉，顯示了中唐時期，江河日下的國勢和政局，表達了在那樣一個局勢下，詩人所懷哀時傷世的心情、還我河山的願望。

　　張籍在〈出塞〉一詩中，寫出了邊關將帥不願竭力戍邊，玩忽職守，無所作為的情況，詩云：

　　秋塞雪初下，將軍遠出師。分營長記火，放馬不收旗。月冷邊惟濕，沙昏夜探遲。征人皆白首，誰見滅胡時。（《張籍詩集》卷二）

詩中所寫的將軍，罔食君粟，不思邊功，殆忽職守，軍紀廢弛。「分營長記火」，暴露目標，洩露軍機，明火執杖，何以用兵；「放馬不收旗」，軍紀散漫，毫無約束，昏聵無能，豈勘重任。將帥廢馳軍政，虛矯邀功；士兵散渙軍紀，無心作戰。如此軍隊，委以戍守邊防，當然沒有戰績，使得「禦寇攘難」變成一句空話。是以詩人提出憤怒的質疑：「征人皆白首，誰見滅胡時。」對邊將作了強烈的控訴。

　　張籍蔑視邊將獨邀戰功的行徑，並發出不平之鳴。其〈將軍行〉末兩句云：「磧西行見萬里空，幕府獨奏將軍功。」（《張籍詩集》卷一）唐・劉灣〈出塞〉亦云：「死是征人死，功是將軍功。」（《全唐詩》卷一百九十六）然而，所謂的「將軍功」，原是建立在無數戰士的屍骨上。唐・曹松〈己亥歲二首〉詩云：「憑君莫話封侯事，一將功成萬骨枯。」（《全唐詩》卷七百十七）可見邊將恃功邀賞的背後，原是蘊涵著邊民戍卒，慘遭刀兵，家庭破碎，妻離子散的悲慘故事。戰爭對生命的摧殘蹂躪，原是有違人性的，在唐・張蠙〈弔萬人塚〉詩云：「可憐白骨攢孤塚，盡為將軍覓戰功。」（《全唐詩》卷七百二）逐鹿天下如曹孟德者，對戰爭的殘酷，仍不能不悲嘆：「白骨露於野，千里無雞鳴。生民百遺一，念之斷人腸。」（〈蒿里行〉，《古詩源》卷五）戰場上的曹操，對戰績汲汲營求；詩人曹孟德，不免於生命尊嚴

詩人創作的動機與使命感。

的鞭笞。曹操尚且如此，又何況乎張籍？

四、反映人民的疾苦

　　張籍善於就世俗俚淺事爲題寫詩，並從這些世俗俚淺事中發現和發掘其蘊含的社會問題，寓諷諭意旨於藝術寫實中。以「俗言俗事入詩」，〔註29〕實是張籍詩歌的突出特點。由於對人民生活的熟悉，張籍運用了白描的手法，細緻而眞實地刻畫人民充滿血淚的生活，抒寫他們的感情和願望。如〈江村行〉、〈白鼉吟〉、〈野老歌〉、〈賈客樂〉、〈促促詞〉、〈山頭鹿〉、〈樵客吟〉、〈築城詞〉等眾多作品，皆以通俗語言，從人民各生活方面入手，與其周圍現實環境相聯繫，活畫出下層社會的眾生相。因此描繪出了生動逼眞，而且質樸自然，具有生活本色的人物形象，展現了人民內心苦痛的世界，吶喊出人民憤怒的聲音。在楊生枝《樂府詩史》中即言：

　　杜甫的樂府寫民間疾苦，多是站在同情的立場上來替人民說話；而張籍的樂府幾乎是人民自己的呼聲、人民自己的控訴。〔註30〕

　　張籍處於唐朝實行「兩稅法」〔註31〕的時代，官府營私舞弊，更加重了對人民的剝削，眞是「奈何歲月久，貪吏得因循。浚我以求寵，斂索無多春。」（〈重賦〉，《白居易集箋校》卷第二）。《新唐書》亦云：「朱泚既平，於是帝屬意聚斂，常賦之外，進奉不息。」〔註32〕可知由於官家的橫徵暴斂，使得人民的負擔日益加重，生活更爲艱苦。如〈野老歌〉云：

　　老農家貧在山住，耕種山田三四畝。苗疏稅多不得食，輸入官倉化爲土。歲暮鋤犁倚空室，呼兒登山收橡實。西江賈客珠百斛，船中養犬長食肉。（《張籍詩集》卷一）

〔註29〕同註5。〈野老歌〉又名〈山農詞〉。

〔註30〕參見楊生枝《樂府詩史》，西寧，青海人民出版社，1985年1月一版一刷，頁502。

〔註31〕見宋・歐陽修、宋祁撰《新唐書》卷五十二，北京，中華書局，1991年12月一版四刷，頁1351。

〔註32〕同前註，頁1358。

張籍在此運用了白描、對比、渲染、誇張等手法,透過老農貧困無食,官倉化糧食爲泥土,以及商人豪奢無度等細節的描繪,構成貧與富的懸殊對比,反映了農民在官家橫徵暴斂下的悲慘,〔註33〕並呈現出一幅不合理的社會現實畫面。其結語通過兩種截然不同的鮮明生活寫照,揭示主題。《木天禁語》云:

> 要訣在於反本題結,如〈山農詞〉,結卻用「西江賈客珠百斛,船中養犬長食肉」是也。〔註34〕

全詩似乎只道出事實,像一個未說完的故事,讀來發人深思,充分表現出詩人深摯的傷世之情。然而「樂府之所貴者,事與情而已」,〔註35〕這首詩自始至終,不著半句議論,則愛憎自明,達到「以少總多,情貌無遺」〔註36〕的藝術境界。在黃景進〈中國詩中的寫實精神〉即云:

> 從頭至尾全首詩皆是以冷靜的語氣,敘述一個事實,中間沒有穿插任何情緒性的文字或批評。當然並非真的沒有批評,只是那批評隱藏在事實的背後。〔註37〕

詩中敘事明白,道出事實,借助形象的對比,引導讀者自己去體會、發掘蘊含其中的深刻詩意,使詩作顯得格外凝鍊、含蓄。故王建評張籍詩云:「君詩發大雅,正氣回我腸」(〈送張籍歸江東〉,《全唐詩》卷二百九十七)。此外,〈野老歌〉還繼承杜甫「朱門酒肉臭,路有凍死骨」(〈自京赴奉先縣詠懷五百字〉,《杜詩詳註》卷之四)的寫實精

〔註33〕對於官家的橫徵暴斂,致使人民生活悲慘,在白居易〈杜陵叟〉一詩中,亦有清楚地揭露,詩云:「杜陵叟,杜陵居,歲種薄田一頃餘。3 月無雨旱風起,麥苗不秀多黃死。9 月降霜秋早寒,禾穗未熟皆青乾。長吏明知不申破,急斂暴徵求考課。典桑賣地納官租,明年衣食將何如?剝我身上帛,奪我口中粟。虐人害物即豺狼,何必鉤爪鋸牙食人肉?」(《白居易集箋校》卷第四)

〔註34〕見元·范梈《木天禁語》,收入清·何文煥輯《歷代詩話》,北京,中華書局,1992 年 5 月一版三刷,頁 746。

〔註35〕見明·王世貞《藝苑卮言》卷四,收入丁福保輯《歷代詩話續編》,臺北,木鐸出版社,1988 年 7 月初版,頁 1015。

〔註36〕見梁·劉勰撰、黃叔琳等注《文心雕龍注·物色篇》卷十,臺北,宏業書局,1982 年 9 月再版,頁 694。

〔註37〕同註 3,頁 324。

神,後來白居易的〈重賦〉、〈輕肥〉、〈歌舞〉等詩,皆與此詩的寫作手法相同,亦即運用深刻的對比手法,直陳其事。然而,這種結尾進行強烈對照的寫法,也見於張籍的〈賈客樂〉一詩,詩人將商人年年逐利的富裕生活,與農民終年辛勤勞動,卻難以唯生的境遇,作了鮮明的對比。其詩的末四句云:

> 年年逐利西復東,姓名不在縣籍中。農夫稅多長辛苦,棄
> 業寧為販寶翁。(《張籍詩集》卷一)

詩中寫出農民因苛捐雜稅之重,〔註38〕寧願「棄農從商」。張籍在詩中也以不合理的、反常的願望,表現人們內心深處最真實的思想感情。因此其詩往往令讀者出其不意,於反常處見真情。而這「棄業寧為販寶翁」就是反常的心理,真實地反映出農民生活的艱苦,唐朝中葉「賈雄農商」的社會現象—商賈逐利暴富與農民窮困潦倒。在《漢書・食貨志》晁錯云:

> 今農夫五口之家,……勤苦如此,尚復被水旱之災,急政暴虐,賦斂不時,朝令而暮改;當具有者半賈而賣,亡者取倍稱之息,於是有賣田宅、鬻子孫,以償責者矣。而商賈大者積貯倍息,小者坐列販賣,操其奇贏,日游都市,乘上之急,所賣必倍。故其男不耕耘,女不蠶織,衣必文采,食必粱肉,亡農夫之苦,有阡陌之得。……此商人所以兼并農人,農人所以流亡者也。〔註39〕

時代更迭,雖然相隔久遠,張籍與晁錯所面臨「賈雄農商」的社會問題,竟如此相似。而在當時,這正是社會上最嚴重的問題,張籍將之表現於文學作品中,顯示出作者觀察生活的細緻與深刻,體現了他寫實創作方法所達到的深度。

在〈山頭鹿〉一詩中,也描寫了農民在賦稅苛重下的悲慘遭遇,

〔註38〕唐朝中葉,實行「兩稅法」後,以錢代物,農民「所供非所業,所業非所供,增價以市所無,減價以貿所有。」(同註31,頁1355。)此一增一減,耗損已多,於是出現了「稅多長辛苦」的不合理現象。

〔註39〕見漢・班固《漢書・食貨志》,收入《叢書集成初編》,北京,中華書局,1985年,頁41～45。

詩云：

> 山頭鹿，雙角芰芰尾促促。貧兒多租輸不足，夫死未葬兒
> 在獄。早日熬熬丞野岡，禾黍不收無獄糧。縣家惟憂少軍
> 食，誰能令爾無死傷。(《張籍詩集》卷七)

詩以山頭鹿起「興」，並以極凝鍊的筆墨，寫出農民因交不出租稅，而
被官府囚禁的社會現象，反映出當時租稅的苛重，揭露了酷吏催逼租
稅的凶橫暴虐。在此張籍是以正面直寫，公開揭露「縣家惟憂少軍食」
與「夫死未葬兒在獄」的關係，同時寫出農民的無比慘痛。全詩以旁
結點題：「縣家惟憂少軍食，誰能令爾無死傷。」這是一般民眾最平常
的感嘆，然而也是農民最真實的聲音，令人聯想到當時的官府、軍隊、
戰爭對於農民的生存具有什麼樣的意義！在〈促促詞〉〔註40〕中，也
同樣是寫人民在租稅的壓榨下，過著艱苦的生活。

　　當時除了賦稅苛重之外，人民還承受著繁重艱苦的徭役，所以人
民有「幾時斷得城南陌，勿使居人有行役」(〈遠別離〉)的深切盼望。
張籍樂府詩中，最足以代表徭役之苦的要屬〈築城詞〉一詩了，其詩
云：

> 築城處，千人萬人齊把杵。重重土堅試行錐，軍吏執鞭催
> 作遲。來時一年深磧裏，盡著短衣渴無水。力盡不得休杵
> 聲，杵聲未盡人皆死。家家養男當門戶，今日作君城下土。
>
> (《張籍詩集》卷一)

這首詩採用秦代發卒修築長城的古老題材，〔註41〕「以古諷今」，揭
露了中唐時代社會的黑暗與人民的不幸。全詩以高度的形象語，描寫

〔註40〕張籍〈促促詞〉云：「促促復促促，家貧夫婦懽不足。今年為人送租
　　　船，去年捕魚向江邊。家中姑老子復小，自執吳綃輸稅錢。家家桑
　　　麻滿地黑，念君一身空努力。願教牛蹄團團一角直，君身常在應不
　　　得。」(《張籍詩集》卷一)

〔註41〕宋・郭茂倩《樂府詩集》第七十五卷記載：「馬縞《中華古今注》曰：
　　　秦始皇三十二年，得讖書云：『亡秦者胡。』乃使蒙恬擊胡，築長城
　　　以備之。《淮南子》曰：秦發卒五十萬築修城，西屬流沙，北繫遼水，
　　　東結朝鮮，中國內郡輓車而餉之。後因有《築城曲》，言築長城以限
　　　胡虜也。」(同註17，頁1060)。

了築城場面的浩大,然後層層鋪敘出築城之苦及築城夫倒斃的悲慘,成功地描繪出此一社會現實事件。其敘事簡潔,全用白描,不作任何雕飾,並且也對人物作了細微的刻畫。「力盡不得休杵聲,杵聲未盡人皆死」,詩人運用了「頂眞格」將人民的憤慨傾瀉而出;至篇末則順結出:「家家養男當門戶,今日作君城下土。」直向當時的當權者提出最強烈的控告,表現了最大的諷刺。這首詩篇幅短小,但交代詳盡,詩人似親臨其地,平實地敘述出築城夫的悲慘遭遇。其批判的鋒芒,蘊含在客觀細緻的敘述語言中,讓讀者從中去思考、聯想,從而獲得結論。

張籍的樂府詩,樸實自然,善於栩栩如生地描寫農村的生活畫面,因此田夫野老之苦辛,已於無意之間自然流露而出。如〈樵客吟〉寫樵夫採樵生活之苦辛:入深山採樵,斧聲坎坎,「日西待伴同下山,竹擔彎彎向身曲。共知路傍多虎穴,未出深林不敢歇。村西地暗狐兔行,稚子叫時相應聲。」詩寫樵夫之苦辛後,卒章只是輕輕一帶:「採樵客,莫採松與柏。松柏生枝直且堅,與君作屋成家宅。」故《唐詩體派論》云:

> 通過一種雖作用甚微卻極爲現實的勸慰,表達出那一特定
> 條件下的具體的可行的希望,因而也就更具有環境與情感
> 的眞實性。〔註42〕

詩末所寫的目的好像很渺小,卻是現實的,「作屋成家宅」即是荒涼山區,貧窮山民的安慰與希望之所寄。然而勸樵客留得松柏,正是此渺茫希望所寄的一點實在處所。詩人往往寫出一種看來很渺小,其實卻很具體、很實在的希望。在〈白鼉吟〉中也是如此,詩云:

> 天欲雨,有東風。南溪白鼉鳴窟中。六月人家井無水,夜
> 聞鼉聲人盡起。(《張籍詩集》卷七)

詩只有簡短的幾句,明白如話,將人民久旱盼雨的心情寫得十分生

〔註42〕 參見許總《唐詩體派論》,臺北,文津出版社,1994 年 10 月版,頁540。

動。「夜聞鼉聲人盡起」寫出久旱盼雨時的興奮，描寫人民從焦慮中陡然轉向充滿希望的喜悅。詩人用極素樸的形式表現了人民素樸的心理。又如〈江村行〉，先描寫具體實在的人物情態與感受，將田家所經歷的種種辛苦表現無遺，詩云：

> 南塘水深蘆笋齊，下田種稻不作畦。耕場磷磷在水底，短衣半染蘆中泥。田頭刈莎結爲屋，歸來繫牛還獨宿。水淹手足盡爲瘡，山蚉遶衣飛撲撲。……（《張籍詩集》卷七）

詩末亦以田家希望作結：「一年耕種長苦辛，田熟家家將賽神。」就是這點渺小希望之光，慰藉辛苦的農民。

張籍寫農民的痛苦、希望，都不是發議論，也沒有憤慨，只是將農民很平常的念頭寫出來。因爲詩人熟悉農民的生活，懂得他們的心理，能夠眞實地寫出農民的痛苦、希望，使人藉此可感受到他們於生存之外，再無更高的欲望了。詩人只是客觀地寫出事實，或由詩中人物來自白，以俗語寫俗事，不雕琢、不矯飾，而深意自現。

五、代言婦女的境遇

在張籍的樂府詩中，關注婦女遭遇的篇什也不少。前人歌詠婦女之作，多寫其美貌，或寫其相思之情。從沒有人想到婦女在社會上應有的地位，和她們的生活與道德的問題。〔註43〕張籍以其人道關懷，同情在封建壓迫下婦女的悲慘命運，並將之寫入詩篇，爲當時的婦女鳴不平。

戰爭在當時給人民帶來了最大的苦難，因此征婦的悲慘遭遇是張籍著墨最多的，其中或寫「夫死戰場」，身懷遺腹子；或述逃難時，「夫死眼前不敢哭」；〔註44〕或云征婦的空閨怨嘆，皆情誠意切，哀婉感人。其〈妾薄命〉云：

> 薄命嫁得良家子，無事從軍去萬里。漢家天子平四夷，護羌

〔註43〕參見劉大杰《中國文學發達史》，臺北，中華書局，1976 年 8 月臺八版，頁 462。
〔註44〕以上兩者已敍述於「控訴戰爭的殘酷」之中，於此不復贅述。

都尉裹屍歸。念君此行爲死別，對君裁縫泉下衣。與君一日
爲夫婦，千年萬歲亦相守。君愛龍城征戰功，妾願青樓歌樂
同。人生各各有所欲，詎得將心入君腹？（《張籍詩集》卷一）
詩歌一開始就將女主人公的命運與黑暗政治密切聯繫，並以悲苦的口
吻，娓娓道出征伐造成的生離死別，深切地表達出詩中女子的感情和
心理，感嘆所謂的「薄命」，實是由於「漢家天子」—當權者造成的。
詩中第五、六句之言雖有違常情，卻是這首詩的特殊之處，充分表達
了女主人公不言而喻的內心痛楚。張籍在詩中替婦女們說出了她們想
說，而不敢說的話。在楊長慧〈張籍及其樂府詩〉一文中說得好：

　　張籍替她們提出了最低限度的要求，那就是同丈夫生活在一起，
享有室家之樂。……在舊社會中，丈夫是妻子的一切，如果失去了丈
夫，她還有什麼指望呢？所以她們寧願夫妻廝守，過著貧賤的生活，
而不願夫君遠別。「同居貧賤心亦舒」眞是人生最低最低的希望了。「君
愛龍城征戰功，妾願青樓歌樂同。人生各各有所欲，詎得將心入君
腹？」也說明了女性的期望，一樣不願丈夫遠離。但在唐代，立邊功
是男子仕宦的捷徑，所以男子自動投身行伍的極多，更不要說被征集
的了。所以婦女們雖不願良人分離，卻終於分離。她們的願望沒有被
男性注意，她們自身也無力爭取它們實現。〔註45〕

　　由以上可知，舊社會中婦女們的無奈，她們除了將滿腔哀怨藏於
心底外，別無他法。然而，在〈別離曲〉中的女主人公則更令人同情
—「憶昔君初納采時，不言身屬遼陽戍。」〔註46〕這是多麼悲慘的詩
句啊！因爲在古代封建社會中，有許多男子在服役征戍前先行婚配，
即是當天從戎出征，也要即日匹配成婚，所以杜甫才有〈新婚別〉：「結

〔註45〕參見楊長慧〈張籍及其樂府詩〉（下），《大陸雜誌》第二十八卷第十
　　　　一期，頁22。
〔註46〕張籍〈別離曲〉：「行人結束出門去，幾時更踏門前路？憶昔君初納
　　　　采時，不言身屬遼陽戍。早知今日當別離，成君家計良爲誰？男兒
　　　　生身自有役，那得誤我少年時！不如逐君征戰死，誰能獨老空閨
　　　　裏！」（《張籍詩集》卷一）

髮爲妻子，席不暖君床。暮婚晨告別，無乃太匆忙！……妾身未分明，何以拜姑嫜？」在當時的社會裏，張籍勇於揭露婦女在封建禮教下，所遭遇的不平與不仁的社會現象，正表現其社會寫實意義的價值；在〈寄衣曲〉、〈望行人〉、〈思遠人〉、〈憶遠曲〉……等，也都是這方面的佳作。

　　在〈雜怨〉詩中，則嚴重的譴責了男子長期在外不歸，其詩云：

　　……人當少年嫁，我當少年別。念君非征行，年年長遠途。
　　妾身甘獨歿，高堂有舅姑。山川豈遙遠？行人自不返！（《張
　　籍詩集》卷一）

詩中譴責良人長期在外，一非從征，二非路遠，是全詩「怨」之所在。在〈春江曲〉中也有：「長干夫婿愛遠行，自染春衣縫已成。」（《張籍詩集》卷七）；〈宛轉行〉云：「遠漏微更疏，薄衾中夜涼。……宛轉復宛轉，憶君更未央。」（《張籍詩集》卷一）都是描寫因良人遠行而起的閨怨之作。

　　張籍對於宮女的遭遇，也同樣的寄以關懷，其〈白頭吟〉是此一宮怨詩之代表作品，詩云：

　　……憶昔君前嬌笑語，兩情宛轉如縈素。宮中爲我起高樓，
　　更開花池種芳樹。春天百草秋始衰，棄我不待白頭時。羅
　　襦玉珥色未暗，今朝已道不相宜。揚州青銅作明鏡，暗中
　　持照不見影。人心回互自無窮，眼前好惡那能定。君恩已
　　去若再返，菖蒲花開月長滿。（《張籍詩集》卷一）

這首詩是失寵宮娥內心的自白。全詩在正反比照中，從描寫宮娥受恩寵的盛況到君王的斷恩棄絕；由高樓華池的歌舞到冷宮荒院的悲嘆，將女主人公切身經歷的實際感受表露無遺。詩中也以宮娥的自覺—「人心回互自無窮，眼前好惡那能定。」寫出宮中的炎涼無常，而所謂的寵幸也只是一時，無終身幸福可言。

　　張籍在〈離婦〉一詩，批判了當時極不公平的社會現象，其詩云：

　　十載來夫家，閨門無瑕疵。薄命不生子，古制有分離。託
　　身言同穴，今日事乖違。念君終棄捐，誰能強在茲。堂上

謝姑嫜，長跪請離辭。姑嫜見我往，將決復沈疑。與我古
時釧，留我嫁時衣。高堂拊我身，哭我於路陲。昔日初爲
婦，當君貧賤時。晝夜常紡績，不得事蛾眉。辛勤積黃金，
濟君寒與饑。洛陽買大宅，邯鄲買侍兒。夫婿乘龍馬，出
入有光儀。將爲富家婦，永爲子孫資。誰謂出君門，一身
上車歸。有子未必榮，無子坐生悲。爲人莫作女，作女實
難爲。(《張籍詩集》卷七)

這是一首可與〈孔雀東南飛〉比美的家庭悲劇詩。其格局顯然是模擬
〈孔雀東南飛〉的，但其悲劇程度則遠勝過〈孔雀東南飛〉。因爲劉
蘭芝至少保有了丈夫對她的眞情，而且與她一起爲不合理的禮教作出
無言的抗議；在〈離婦〉中的女主人公就沒有這麼幸運了。由於「薄命
不生子，古制有分離。」使得她被迫離開辛苦建立的富裕家庭，這是
天下最不公平，也最不人道的事。在封建社會中，無子爲「七出」之
首。《儀禮・喪服疏》云：「出妻者，無子一也。」然而，在張籍以前，
卻從來沒有人攻擊或懷疑過這種制度，因此，不知道有多少女子，在
這條不公的禮教下，犧牲了她們的幸福。張籍在這裏注意到從未爲人
所注意的問題，提出了整個悲劇的社會根源與歷史根源，是這首詩的
價值所在。詩中女主人公的丈夫固然無情，但以無子爲七出之首的古
制，更是不可饒恕的罪魁禍首。〔註47〕在詩的末四句則道盡了女子的
悲苦命運，也是全詩的主旨所在。

張籍在以上諸篇中，代婦女發言，敘述她們的情感與怨恨，並寄
予深厚的同情，故宋・魏泰云其「述情敘怨，委曲周詳。」〔註48〕頗
是中肯之論。

張籍一生仕途不得志，然於其樂府詩作中的社會寫實內容，可窺
知張籍除了駕御文字的熟練創作技巧之外，還蘊育對人性尊嚴的尊重
與關心，才能以大量精彩的社會寫實詩作傳世。

〔註47〕同註45，頁23。
〔註48〕見宋・魏泰《臨漢隱居詩話》，收入清・何文煥輯《歷代詩話》，北
京，中華書局，1992年5月一版三刷，頁322。

　　當作者熟練地掌握文字的精確度，高度地展現文學技巧，也許能夠創作出具有文學意義的作品。但張籍除此之外，則以其豐富的生活體驗、殘酷的時代悲劇與詩人在人性的基礎上對人性尊嚴高度地尊重與關懷，才能淬鍊出充滿人文精神的文學作品。同時，張籍更能跳脫出千百年來的社會制度，指出「有子未必榮，無子坐生悲。爲人莫作女，作女實難爲。」嘲諷禮教的不合理，張籍如此的呼聲，實屬麟毛鳳爪。

　　張籍的文學創作並不純然只是文字遊戲，在那樣戰亂流離的年歲裏，除了「隔江猶唱〈後庭花〉」〔註49〕之外，還能伸張正義，聲援人性尊嚴。因此，我們可以深刻地了解張籍的作品，並不只是純粹的文學創作，同時還是整個社會的道德良心。

第二節　自然風物之歌頌

　　在張籍的樂府詩中，除了社會寫實內容之外，他還擅寫風物，以清麗淺切，流蕩可歌的風格，描寫自然風物，例如〈江南曲〉，是寫江南風物的絕唱，其詩云：

> 江南人家多橘樹，吳姬舟上織白苧。土地卑濕饒蟲蛇，連木爲牌入江住。江村亥日長爲市，落帆度橋來浦裏。清莎覆城竹爲屋，無井家家飲潮水。長干午日沽春酒，高高酒旗懸江口。娼樓兩岸臨水柵，夜唱竹枝留北客。江南風土歡樂多，悠悠處處盡經過。（《張籍詩集》卷一）

張籍攝取了最具有江南地方特點的風物和生活景象入詩，描寫江南優美的水國風光和人民生活習俗，其題材新穎，意境清新，散發著濃厚的時代與鄉土氣息。姚合〈贈張籍太祝〉稱：「絕妙〈江南曲〉」，即指此，其句句寫實，筆筆凝練，文字樸實無華，情景宛然在目。詩之前四句，實實在在的客觀描寫江南特有的風物和居民的水上生活情景，

〔註49〕見杜牧〈泊秦淮〉：「商女不知亡國恨，隔江猶唱〈後庭花〉。」（《全唐詩》卷五百二十三）。

勾畫出江南的整體風光，其語意清新樸直，遣詞造句帶有地方風味。
中間八句，有意識地將江村集市、人物活動、房屋特色、長干春酒、
江樓酒旗、秦樓楚館、夜唱竹枝巧妙地組合在一起，具體細緻描繪出
江南水鄉的風俗人情。這幾句詩從江南的風景寫到人民的日常生活，
再寫到江南特有的風情。結尾兩句詩是全詩的藝術小結，字裏行間洋
溢著張籍對江南水鄉風光民俗的由衷喜愛，一個「多」，一個「盡」字
對用，寫盡了他對江南特有的感情。此詩熔寫景、敘事、抒情於一爐，
又吸取新鮮活潑的口語入詩，饒有民歌風味。其用詞意真質透，造語
天然，多用景物來襯托人物活動，使情景俱妙。同樣是寫江南的水國
風光，張籍的〈採蓮曲〉則是藉採蓮女的生活情態來表現，其詩云：

> 秋江岸邊蓮子多，採蓮女兒憑船歌。青房圓實齊戢戢，爭
> 前競折漾微波。試牽綠莖不尋藕，斷處絲多刺傷手。白練
> 束腰袖半卷，不插玉釵粧梳淺。船中未滿度前洲，借問阿
> 誰家住遠。歸時共待暮潮上，自弄芙蓉還蕩槳。（《張籍詩集》
> 卷一）

此詩以採蓮女的口吻描寫了她們蕩舟蓮塘，摘蓮尋藕的快樂情景。詩
中除了描寫採蓮的場面，還通過幾處細節寫出採蓮女們活潑、勤勞、
樸實互助的性格。前四句寫採蓮，展現出廣闊而熱鬧的秋江採蓮場
面，呈現了一片繁忙歡快的景象。五、六兩句寫尋藕，刻畫尋藕的具
體細節。再下面四句轉入刻畫採蓮女的形體外貌和內心世界，情調樸
實親切。以「白練束腰袖半卷，不插玉釵粧梳淺」之白描手法，描寫
採蓮女的裝束，展現她們的樸素美。最後兩句描繪採蓮女豐收暮歸邊
蕩槳邊玩荷花的生動畫面。全詩構思獨特，各段之間富有變化，表現
了從晨出到暮歸群體採蓮的全部過程。此詩的語言很口語化，明快流
暢，淺易樸實，雅俗得宜，字裏行間充滿江南水鄉的氣息。在〈春水
曲〉一詩中，則是描繪一對少年蕩舟於春江之上的歡樂情景：

> 鴨鴨，嘴唼唼。青蒲生，春水狹。蕩漾木蘭船，中有雙少
> 年。少年醉，鴨不起。（《張籍詩集》卷七）

全詩描繪一幅春江牧鴨圖，在表現少年牧鴨生活之作。其中對「雙少年」醉而不起的描寫，更富有濃厚的生活情趣，充分展現了「雙少年」此時此刻的心境。

　　中唐以來，在農村漸趨貧弱、瀕臨絕境的同時，都市商業經濟卻繁榮一時，素有「天府之國」之稱的成都即是如此。張籍西遊至蜀時，寫下了〈成都曲〉，反映了當時的城市境況，其詩云：

　　　　錦江近西煙水綠，新雨山頭荔枝熟。萬里橋邊多酒家，遊
　　　　人愛向誰家宿？（《張籍詩集》卷六）

此詩意在抒寫成都市郊的風物人情與市井的繁華景象，其境界開闊，色彩鮮明，將酒家遊人參與其間，讓人更覺情趣盎然。詩之前兩句寫眼前景，雖著墨不多，但市郊生機盎然的夏景已躍然紙上，展現了詩人順錦江西望時的美景，寫得優美清麗。寫郊野新雨初霽，在綠水煙波的背景下，山頭嶺畔，荔枝垂紅，構成一幅色彩和諧明麗的圖畫。後兩句則轉而寫風情，以「橋」和「酒家」入詩，寫成都市內喧嘩熱鬧的繁華情況。無論是自然之景還是鬧市之聲，都像是呼之欲出一般，令人留連。沈德潛〈說詩晬語〉卷上稱：「七言絕句，以語近情遙，含吐不露為主。只眼前景口頭語，而有弦外音味外味，使人神遠。」〔註50〕張籍此詩，句句含景，句句有情，收筆近似口語，卻意味深遠。又張籍之弟蕭遠曾入蜀，所以他對那裡特別有感情。其〈送蜀客〉詩云：

　　　　蜀客南行祭碧雞，木綿花發錦江西。山橋日晚行人少，時
　　　　見猩猩樹上啼。（《張籍詩集》卷六））

這首絕句與〈成都曲〉皆寫成都南郊錦江一帶之景緻。在〈泗水行〉一詩中，則寫泗水上及其江邊的熱鬧景象，其詩云：

　　　　泗水流急石纂纂，鯉魚上下紅尾短。春冰消散日華滿，行
　　　　舟往來浮橋斷。城邊漁市人早行，水煙漠漠多棹聲。（《張籍
　　　　詩集》卷七）

〔註50〕清·沈德潛撰、蘇文擢詮評《說詩晬語詮評》卷上，臺北，文史哲
　　　　出版社，1985 年 10 月再版，頁 309。

詩之前四句，描寫泗水水流之急及鯉魚在其中游上游下的景象，與冬去春來，冰雪消融，行舟往來之情形。詩之末二句，則藉人聲、棹聲描繪出泗水邊清早的熱鬧景象。清・劉邦彥在《唐詩歸折衷》即稱：「吳敬夫云：人知寫出曉色，此並及曉聲矣。」〔註 51〕可說是此詩的特色所在。張籍樂府詩中，對自然風物之歌頌的創作，尚有〈寒塘曲〉、〈春堤曲〉等詩。

　　由以上可知，張籍樂府詩對自然風物之描繪，多以白描的手法與口語入詩創爲佳作，其詩風優美清麗、淺易樸實，所寫情景宛然在目。無怪乎宋人劉攽在《中山詩話》中即稱張籍的樂府詩「清麗深婉」。〔註 52〕

第三節　別離與思鄉情懷之吟詠

　　張籍樂府詩中，也不乏對別離與思鄉情懷之吟詠，有關旅人之思的佳作。其最著名者即〈秋思〉一詩：

　　　　洛陽城裏見秋風，欲作歸書意萬重。復恐匆匆說不盡，行
　　　　人臨發又開封。（《張籍詩集》卷六）

此詩寓情於事，借助日常生活中一個富於包孕的片斷──寄家書時的思想活動和行動細節，眞切細膩地表達了作客他鄉的人對家鄉親人的深切懷念。第一句點明地點、時間和景物，說詩人客居洛陽，又見秋風，平平敘事，不事渲染，卻有含蘊。以下三句純屬心理描寫，一氣貫下，明白如話，極爲樸素眞實。第二句緊承「見秋風」，正面寫「思」。「欲」字，生動地表達出詩人鋪紙伸筆之際的意念和情態。「意萬重」，表達了詩人鄉思親情思緒萬端的心情。因而「欲作家書」卻遲遲不能下筆。三、四兩句，詩人不言信的具體內容和寫信過程，只寫家書即

〔註 51〕清・劉邦彥《唐詩歸折衷》此評，轉引自陳伯海主編《唐詩彙評・張籍》中冊，杭州，浙江教育出版社，1995 年 5 月一版一刷，頁 1904。
〔註 52〕宋・劉攽《中山詩話》，收入清・何文煥輯《歷代詩話》上冊，北京，中華書局，1992 年 5 月一版三刷，頁 288。

將發出時的一個細節，細緻地刻畫出寄信人的心理活動。這首詩在「見秋風」、「意萬重」，而又「復恐匆匆說不盡」的情況下寫「臨發又開封」的細節，本身就包含著對生活素材的提煉和典型化，而不是對生活的簡單摹寫。詩人似乎只是敘事，自然生動地描繪了事情的經過和自己內心活動的全部過程，但所表現出來的卻是無限深情。此詩抓住了特定場景下的特定心理，運用白描手法，傳神地刻畫出古代遊子人人心中所有，又是人人筆下所難的典型情緒。語言質樸自然，字字句句都是從肺腑中流出，讀來令人覺得真情滿溢。

　　張籍曾經宦遊湖南，在〈湖南曲〉中抒寫過：「瀟湘多別離，風起芙蓉洲。江上人已遠，夕陽滿中流。鴛鴦東南飛，飛上青山頭。」（《張籍詩集》卷七）的情懷。其〈湘江曲〉一詩，也是宦遊湖南時所作，其語淺情深，富於情韻，寫旅人送別的惆悵迷惘心情，其詩云：

　　　　湘江無潮秋水闊，湘中月落行人發。行人發（《全唐詩》作
　　　　送人發），送人歸，白蘋茫茫鷓鴣飛。（《張籍詩集》卷七）

詩的第一句寫眼前景，點明送行的地點和季節。首先點染秋日湘江的景色。此處用的是反襯法，以江水無潮，正反襯出詩人的心潮難平，江面開闊正反襯詩人心情的愁苦鬱結。第二句用平淡而冷靜的語調，具體表明送行的時間，是在「月落」之際即將黎明時分。雖直敘其事，但「月落」二字也正映襯出詩人當時的黯淡心態與茫然神思。緊接著連用兩個短句「行人發，送人歸」，加強了詩的旋律，充分渲染了送別的濃烈意緒。最後一句是寫行人去後的情景。以江邊所見所聞，表達了詩人內心的離愁和悵惘。此種以景結情的落句，給人以無窮的回味。又如〈春別曲〉則是寫長江春景，敘別離情思。其詩云：

　　　　長江春水綠堪染，蓮葉出水大如錢。江頭橘樹君自種，那
　　　　不長繫木蘭船。（《張籍詩集》卷六）

詩之前兩句，詩人以江水描摹長江春景，交代別離環境及季節。前句用誇張手法，稱江水綠得可以用來染衣服；後句則為寫實，將出水蓮葉比成圓形錢幣，以現其形，以示其大。以蓮葉繁多，綠色濃重，一

方面寫出了江南地區清新明麗的水國風光，另一方面也更顯別情之醇濃。此二句，句句寫景，字字落到實處，但又句句含情。後兩句敘事、抒情，詩人的視線由江水移到江邊。並以江邊上由所送之人栽種的一棵棵橘樹象徵高潔的人格，與用船以質地堅硬的香木製成之芳潔，襯托人之高雅。此二句雖敘別離之事，但又意在言外，含無限深情。全篇詩句不見一別字，卻運用景物描寫，渲染旖旎的春光，將淡淡的哀愁深寓在景物的描繪之中。詩中所敘，雖明白如話，但又語近情邈，含吐不露；雖寫眼前景，說口頭語，卻質樸清新，流暢自然，使人神遠。是一首景中含情，事中又帶情，景、事、情融合之佳作。而其所運用的語言，或是所表現的情致，都具有醇郁濃烈的民歌風味。再如〈憶遠曲〉，則是極言遠行者的孤獨。詩中形容遠行者，猶如冰天雪地中，孤零兀立的樹木，又似在海口失去伴侶的孤雁，其詩云：

> 水上山沈沈，征途復繞林。途荒人行少，馬跡猶可尋。雪中獨立樹，海口失侶禽。離憂如長線，千里縈我心。（《張籍詩集》卷七）

再如〈別鶴〉一詩云：「雙鶴出雲谿，分飛各自迷。空巢在松頂，折羽落江泥。尋水終不飲，逢林亦未棲。別離應易老，萬里兩淒淒。」（《張籍詩集》卷二）詩中藉鶴鳥以喻人，言鶴鳥在未尋找到伴侶之前，有水不飲，遇林不棲的別離相思之苦。再如〈懷別〉一詩，則以「君如天上雨，我如屋下井。無因同波流，願作形與影。」（《張籍詩集》卷七）的深切願望，表現出離愁別緒，盼能形影相隨。在張籍的樂府詩中，其敘別離與思鄉情懷之作者，尚有〈寄遠曲〉、〈秋夜長〉、〈送遠曲〉、〈行路難〉等詩。

第六章　張籍樂府詩之形式探析

第一節　語言風格

甲、語言格式

　　樂府詩至唐代，其體裁涉及既廣，幾乎包含所有詩體，正如明‧胡應麟《詩藪‧內篇》卷一〈古體上‧雜言〉所說：

> 世以樂府為詩之一體，余歷考漢魏六朝唐人詩，有三言、四言、五言、六言、七言、雜言、近體、排律、絕句，樂府皆備有之。……是樂府於諸體，無不備有也。〔註1〕

上述言及唐人之樂府，所涵蓋之體式。從形式上說，唐代的樂府詩，有沿用樂府舊題所寫者，有「即事名篇」而寫作者，都是屬於廣義的古體詩；但有的樂府詩，從另一個角度來看，也可以說是近體詩。因為近體詩在唐代已形成了，所以詩人在創作樂府舊題時，也可以像寫近體詩一樣，講究平仄、押韻、對仗。所以樂府詩若從這個角度看，就是近體詩了，可知唐人的樂府詩有的就是近體詩。

　　在張籍約九十首的樂府詩中，其寫作體式如下：五言律詩約七

〔註1〕明‧胡應麟《詩藪‧內篇》卷一〈古體上‧雜言〉，上海，上海古籍出版社，1979 年 11 月一版一刷，頁 12。

首，七言絕句約十四首，純粹五言字句之五古約九首，純粹七言字句之七古約四十首，另外五、七言古詩之長短句，其混用雜言者約二十首。從其體式使用之情形看，由於唐人的樂府之作，較少涉及律詩體，只有七首五律，七律與五絕則未被採用，七古則佔過半數之多，此或因唐人樂府喜用七古，如李白、杜甫之樂府詩亦以七古為最，可知張籍喜以七古創作樂府詩。

以下茲就張籍樂府詩句式之運用略作探討，論述如下：

一、五言句

在張籍樂府詩中，純粹以五言句式寫作者約有十六首，其中五言律詩佔七首，五言古詩佔九首。以五言律詩之形式寫成者，例如〈別鶴〉、〈望行人〉、〈出塞〉、〈莊陵挽歌詞〉（三首）、〈思遠人〉等。純粹以五言字句寫成之五古者，例如〈雜怨〉、〈湖南曲〉、〈懷別〉、〈離婦〉、〈新桃〉、〈董公〉、〈學仙〉等。在張修蓉《中唐樂府詩研究》一書中，論及以五言句式所構成的五律或五言古體詩，「其內容多為詠懷、寫景。具有諷諭詩旨的卻寥寥可數，五律中有〈出塞〉；五古中有〈雜怨〉、〈離婦〉、〈董公〉詩、〈學仙〉詩等」。〔註2〕

二、七言句

在張籍樂府詩中，純粹以七言句式寫作者約有五十四首。其中以七言絕句之形式寫成者約有十四首，例如〈秋思〉、〈吳楚歌詞〉、〈倡女詞〉、〈離宮怨〉、〈成都曲〉、〈寒塘曲〉、〈春別曲〉等。純粹七言字句寫成之七古者約四十首，例如〈白紵歌〉、〈猛虎行〉、〈別離曲〉、〈採蓮曲〉等。在張修蓉《中唐樂府詩研究》一書中，論及以七言句式為主，所構成的七言古體詩（其中或參雜了少量的三言、五言句），其詩歌內容之特色為：

內容上有一共同的特色，就是多具有諷諭社會的主

〔註2〕 張修蓉《中唐樂府詩研究》，臺北，文津出版社，1985 年 10 月版，頁 68。

旨，……。這類的樂府詩如：〈征婦怨〉、〈野老歌〉、〈寄衣曲〉、〈築城詞〉……等。〔註3〕

三、古詩混用雜言之情形

張籍樂府詩中，其古詩混用雜言之情形，大致可分為兩種：一是偶然參雜著少數的三言或五言；二是隨意運用二言、三言、五言、九言，極錯綜變化之妙。此一混用雜言之古詩，約有二十首，茲分別說明如下：

（一）三言句與七言句配合：此類詩型，在張籍樂府詩中有三種情形，一是首句用一個三言句與七言句配合，其次是首二句連用兩個三言句與七言句配合，再者為三言句置於七言句之中。其首句用一個三言句與七言句配合者，例如〈雲童行〉：

雲童童，白龍之尾垂江中。今年天旱不作雨，水足牆上有禾黍。（《張籍詩集》卷七）

其句式為「三、七、七、七」，首句用一個三言句與七言句配合。又如〈山頭鹿〉，其句式為「三、七、七、七、七、七、七、七」；〈築城詞〉，其句式為「三七、七、七、七、七、七、七、七、七」；〈牧童詞〉，其句式為「三、七、七、七、七、七、七、七、七、七」。

首二句連用兩個三言句與七言句配合者，例如〈妾薄命〉：

薄命嫁得良家子（《全唐詩》作薄命婦。良家子。），無事從軍去萬里。漢家天子平四夷，護羌都尉裹屍歸。念君此行為死別，對君裁縫泉下衣。與君一日為夫婦，千年萬歲亦相守。君愛龍城征戰功，妾願青樓歌樂同。人生各各有所欲，詎得將心入君腹？（《張籍詩集》卷一）

其句式為「三、三、七、七、七、七、七、七、七、七、七、七、七」。又如〈白鼉吟〉，其句式為「三、三、七、七、七」。

三言句置於七言句之中者，例如〈湘江曲〉：

湘江無潮秋水闊，湘中月落行人發。行人發（《全唐詩》作

〔註3〕同註2。

送人發）、送人歸，白蘋茫茫鷓鴣飛。(《張籍詩集》卷七)

其句式爲「七、七、三、三、七」。又如〈董逃行〉，其句式爲「七、七、七、七、七、七、七、七、三、七」；〈送遠曲〉(《張籍詩集》卷七)，其句式爲「七、七、七、七、三、三、七、七、七、七、七、七、七、七、七」。

（二）三言句與五、七言句配合：此類詩型，在張籍樂府詩中有三種情形，一是首句用一個三言句與五、七言句配合，其次是將三言句與五言句置於七言句之中，再者爲三言句與五、七言句交互使用。其首句用一個三言句與五、七言句配合者，例如〈各東西〉：

> 遊人別，一東復一西。出門相背兩不返，惟信車輪與馬蹄。
> 道路悠悠不知處，山高海闊誰辛苦？遠遊不定難寄書，日
> 日空尋別時語。浮雲上天雨墮地，暫時會合終離異。我今
> 與子非一身，安得死生不相棄。(《張籍詩集》卷一)

其句式爲「三、五、七、七、七、七、七、七、七、七、七、七」。又如〈長塘湖〉，其句式爲「三、七、五、五、七」。

將三言句與五言句置於七言句之中者，例如〈行路難〉：

> 湘東行人長嘆息，十年離家歸未得。弊裘羸馬苦難行，僮
> 僕飢寒少筋力。君不見，床頭黃金盡，壯士無顏色。龍蟠
> 泥中未有雲，不能生彼升天翼。(《張籍詩集》卷一)

其句式爲「七、七、七、七、三、五、五、七、七」。又如〈樵客吟〉，其句式爲「七、七、七、七、七、七、七、七、七、七、七、七、三、五、七、七」。

三言句與五、七言句交互使用者，例如〈雀飛多〉：

> 雀飛多，觸網羅，網羅高樹顛。汝飛蓬蒿下，勿復投身網
> 羅間。粟積倉，禾在田，巢在鷯，望其母來還。(《張籍詩集》
> 卷七)

其句式爲「三、三、五、五、七、三、三、三、五」。

（三）二言句與三、五言句之配合：此類詩型在張籍樂府詩中，僅有一例，即〈春水曲〉：

　　鴨鴨，嘴唼唼。青蒲生，春水狹。蕩漾木蘭船，中有雙少

　　年。少年醉，鴨不起。（《張籍詩集》卷七）

其句式爲「二、三、三、三、五、五、三、三」，二言句在張籍樂府

詩中極爲罕見。

　　（四）五言句與七言句配合：此類詩型，在張籍樂府詩中有兩種

情形，一是將五言句置於全詩之前，亦即五言句在七言句之前，二是

五言句與七言句交互使用。將五言句置於全詩之前，亦即五言句在七

言句之前者，例如〈朱鷺曲〉：

　　翩翩兮朱鷺，來汎春塘棲綠樹。羽毛如翦色如染，遠飛欲

　　下雙翅斂。避人引子入深塹，動處水紋開瀰瀰。誰知豪家

　　網爾軀？不如飲啄江海隅。（《張籍詩集》卷一）

其句式爲「五、七、七、七、七、七、七、七」，其首句用一個五言

句。又如〈白頭吟〉，其句式爲「五、五、七、七、七、七、七、七、

七、七、七、七、七、七、七、七」，首二句連用兩個五言句；〈寄菖

蒲〉，其句式爲「五、五、五、七、七、七、七、七」，首三句連用三

個五言句；〈節婦吟〉，其句式爲「五、五、五、五、七、七、七、七、

七、七」，首四句連用五言句。

　　五言句與七言句交互使用者，例如〈烏啼引〉：

　　秦烏啼啞啞，夜啼長安吏人家。吏人得罪囚在獄，傾家賣

　　產將自贖。少婦起聽夜啼烏，知是官家有赦書。下床心喜

　　不重寐，未明上堂賀舅姑。少婦語啼烏，汝啼慎勿虛；借

　　汝庭樹作高窠，年年不令傷爾雛。（《張籍詩集》卷一）

其句式爲「五、七、七、七、七、七、七、七、五、五、七、七」。

　　（五）九言句夾雜於五、七言句之中：此類詩型在張籍樂府詩中，

亦僅有一例，即〈促促詞〉：

　　促促復促促，家貧夫婦懽不足。今年爲人送租船，去年捕

　　魚向江邊。家中姑老子復小，自執吳綃輸稅錢。家家桑麻

　　滿地黑，念君一身空努力。願教牛蹄團團一角直，君身常

　　在應不得。（《張籍詩集》卷一）

其句式為「五、七、七、七、七、七、七、七、九、七」，九言句在張籍樂府詩中極為罕見。

由以上可知，在張籍樂府詩中，無四言句之句式。其句式有二言句、三言句、五言句、七言句、九言句等，其中以七言句式為其主流。

乙、語言特色

張籍樂府詩歌渾樸自然，不事靡麗。其語言特色，就在於它的樸素美。正如清·翁方綱《石洲詩話》卷二中所云：

> 張、王樂府，天然清削，不取聲音之大，亦不求格調之高，此真善于紹古者。較之昌谷奇豔不及，而真切過之。〔註4〕

又如清·林昌彝在《射鷹樓詩話》中也稱張詩「天然明麗，不事雕鏤」。〔註5〕張籍樂府詩歌語言的天然素樸，表現在「通俗性」與「典型性」的兩大特色上。以下茲就此二特色論述：

一、通俗性

唐人詩中多用口語入詩，明·胡震亨《唐音癸籤》卷十一云：

> 孫季昭云：杜子美善以方言，里諺點化入詩句中。如云：「吾家老孫子，質樸古人風。」「客睡何曾著，秋天不肯明。」「棗熟從人打，葵荒欲自鋤。」「一夜水高二尺強，數日不可更禁當。」「不分桃花紅似錦，生憎柳絮白于綿。」「負井出鹽此溪女，打鼓發船何處郎。」此類尤多，不可殫述。〔註6〕

可知杜詩中多用口語，在張籍的樂府詩中，亦多用口語入詩。以口語入詩能充分運用活的語言，樂府詩尤其需要這一類的語言，此可從詞匯和語法兩方面得知。從詞匯方面看，張籍樂府詩中大量采用了當時

〔註4〕 清·翁方綱《石洲詩話》卷二，臺北，木鐸出版社，1982年5月初版，頁64。
〔註5〕 清·林昌彝《射鷹樓詩話》卷十六，上海，上海古籍出版社，1988年12月一版一刷，頁369。
〔註6〕 明·胡震亨《唐音癸籤》卷十一，上海，上海古籍出版社，1984年8月一版二刷，頁105。

民間的生活語言，如〈牧童詞〉、〈促促詞〉、〈各東西〉、〈採蓮曲〉等詩，幾乎全篇皆是口語，明白如話。茲舉如下詩句，以觀其通俗淺近的口語運用：

〈牧童詞〉：「牛群食草莫相觸，官家截爾頭上角。」（《張籍詩集》卷一）

〈促促詞〉：「今年爲人送租船，去年捕魚向江邊。……家家桑麻滿地黑，念君一身空努力。」（同前）

〈各東西〉：「道路悠悠不知處，山高海闊誰辛苦。」（同前）

〈採蓮曲〉：「船中未滿度前洲，借問阿誰家住遠。」（同前）

〈妾薄命〉：「人生各各有所欲，詎得將心入君腹。」（同前）

〈築城詞〉：「來時一年深磧裏，盡著短衣渴無水。」（同前）

〈永嘉行〉：「婦人出門隨亂兵，夫死眼前不敢哭。」（同前）

〈寄衣曲〉：「慇懃爲看初著時，征夫身上宜不宜。」（同前）

〈朱鷺曲〉：「避人引子入深塹，動處水紋開灩灩。誰知豪家網爾軀，不如飲啄江海隅。」（同前）

〈寄衣曲〉：「纖素縫衣獨苦辛，遠因回使寄征人。」（同前）

〈宮詞〉（其二）：「盡理昨來新上曲，內官簾外送櫻桃。」（《張籍詩集》卷六）

〈新桃〉：「秋來未成實，其陰良已嘉。」（《張籍詩集》卷七）

〈送遠曲〉：「殷勤振衣兩相囑，世事近來還淺促。」（同前）

〈春江曲〉：「春來未到父母家，舟小風多渡不得。」（同前）

〈洛陽行〉：「陌上老翁雙淚垂，共說武皇巡幸時。」（同前）

〈廢瑟詞〉：「千年曲譜不分明，樂府無人傳正聲。」（同前）

〈送遠曲〉：「行人行處求知親，送君去去徒酸辛。」（同前）

〈董逃行〉：「洛陽城頭火瞳瞳，亂兵燒我天子宮。」（同前）

〈楚妃怨〉：「湘雲初起江沈沈，君王遙在雲夢林。」（同前）

〈廢宅行〉：「宅邊青桑垂宛宛，野蠶食葉還成繭。」（同前）

〈江村行〉：「江南熱旱天氣毒，雨中移秧顏色鮮。」（同前）

其他口語詞匯如：黃犢、蓮子、野駝、橘樹、白苧、馬蹄、戲馬臺、鬥雞、爐氣、牛羊、禾黍、田頭、田家、舂米、耕場、子孫、白露、鳧鷖、

蒲心、竹芽、蘭心、郵夫、防吏、水工、姓名、白鼉、壯士、漢軍、白
犢、朱衣、車輪、降虜、吳綃、胡馬、饑兵、田熟、征戰、放馬、收旗、
裁縫、少筋力、齊把杵、輸稅錢、飲潮水、傾家賣產等皆是。

　　從語法方面看，虛詞的運用通常與口語聯繫密切。在張籍樂府詩
中，如表示行爲發生的處所和時間，常用介詞「在」或「於」，其中
「在」字之運用爲三十次；「於」字之運用爲二次。又如否定副詞的
運用甚多，計有「不」、「無」、「未」、「勿」、「莫」、「非」六個，其運
用如下：「不」字八十二次；「無」字五十三次；「未」字二十九次；「勿」
字六次；「莫」字四次；「非」字三次。

　　樂府詩中多現實生活的反映，從以上可知，張籍廣泛且細緻入微
地觀察、體驗生活，運用口語入詩，自然就給人一種親近貼切的感受，
具有通俗的特色，故明・李東陽《麓堂詩話》云：「張文昌善用俚語」。
〔註7〕又明・胡震亨《唐音癸籤》卷七亦對張籍以「俗言俗事入詩」
予以肯定：

> 文章窮於用古，矯而用俗，如史、漢後六朝史之入方言俗
> 語是也。籍、建詩之用俗亦然。王荊公題籍集云：「看是尋
> 常最奇崛，成如容易卻艱辛。」凡俗言俗事入詩，較用古
> 更難。〔註8〕

胡氏雖稱善張籍以俗言俗事入詩，但也稱張詩「思難辭易」。〔註9〕
可知，張籍樂府詩的語言做到「淺而能深，近而能遠」，因此，張籍
的樂府詩還有以下的特色。

二、典型性

　　此處所謂的「典型」，是指語言美學上的典型，是指能夠揭示生活
內在聯繫的典型化的語言，是承擔形象思惟的基本物質外殼。〔註10〕

〔註7〕　見明・李東陽《麓堂詩話》，收入丁福保輯《歷代詩話續編》下冊，
　　　　臺北，木鐸出版社，1988 年 7 月初版，頁 1375。
〔註8〕　同註 6，卷七，頁 66。
〔註9〕　同註 6，卷九，頁 87。
〔註10〕程湘清〈試論樂府民歌的語言美〉，《古典文學論叢》第二輯，濟南，

張籍的樂府詩，能從豐富的口語詞彙中，創作出富於概括性與表達力的典型化語言，構成典型化的形象，給人以深刻的印象。例如〈離婦〉一詩：描寫一個婦人由於「薄命不生子，古制有分離。」使得她被迫離開辛苦建立的富裕家庭，表達了當時極不公平的社會現象。全篇絕無文飾，但卻感人至深，其原因在於這首詩的語言具有典型性：首先，描繪出一個典型環境。詩的前八句：「十載來夫家，閨門無瑕疵。薄命不生子，古制有分離。託身言同穴，今日事乖違。念君終棄捐，誰能強在茲。」（《張籍詩集》卷七）寫出在封建社會中，無子為「七出」之條，為自己與古往的婦女道盡他們長期以來所承受的不公平待遇，反映了整個悲劇的社會根源與歷史真實。其次，捕捉住一個典型細節。透過與姑嫜的辭別情境，將悲劇表現至最高潮，詩云：「堂上謝姑嫜，長跪請離辭。姑嫜見我往，將決復沈疑。與我古時釧，留我嫁時衣。高堂拊我身，哭我於路陲。」（同前）再其次，刻畫了此一婦人的典型性格。詩中所描寫的是一個勤勞、刻苦且全心全意為家庭奉獻犧牲的婦人形象，詩云：「昔日初為婦，當君貧賤時。晝夜常紡績，不得事蛾眉。辛勤積黃金，濟君寒與饑。洛陽買大宅，邯鄲買侍兒。夫婿乘龍馬，出入有光儀。將為富家婦，永為子孫資。」（同前）在詩的末四句：「有子未必榮，無子坐生悲。為人莫作女，作女實難為。」（同前）藉由此一婦人之口，反映了在封建社會中女子的悲哀。要之，此詩的典型環境、典型細節、典型性格，都是通過典型化的語言表現出來的。在張籍樂府詩中，如〈山頭鹿〉，用「旱日熬熬炙野岡，禾黍不收無獄糧。縣家惟憂少軍食，誰能令爾無死傷」（《張籍詩集》卷七）來描寫「夫死未葬兒在獄」（同前）的農家受官府逼迫的悲慘情境；〈永嘉行〉，用「紫陌旌旓暗相觸，家家雞犬驚上屋。婦人出門隨亂兵，夫死眼前不敢哭」（《張籍詩集》卷一）表現戰亂之時，人民慘遭災難，敵軍搶掠婦女，執戟捅殺其夫的慘狀；〈少年行〉，用「遙聞虜到平陵下，不

待詔書行上馬,斬得名王獻桂宮,封侯起第一日中」(同前)來描寫少年「獨到輦前射雙虎」(同前)的驍勇形象。

　　總而言之,張籍樂府詩的語言是通俗化的語言,是典型化的語言。唯其通俗,才有質實、清新之美;唯其典型,才能做到凝鍊精悍、意蘊無窮,形成「不詭其詞而詞自麗,不異其趣而趣橫生」的天然之美。

第二節　創作技巧

　　通讀張籍的樂府詩,我們不難了解:張籍以當代事物為內涵,透過文學創作為表現方式,才能為我們留下這些控訴戰爭殘酷與追求生命尊嚴的文學作品。然而,歷史的悲劇面,是澆沃文學靈感的來源,以悲天憫人的詩心,創造出符合人性尊嚴的詩作。在戰爭的殘酷與生命的尊嚴相互激盪之中,張籍以其高妙的創作技巧,展現其詩作的生命力。在前文我們已對歷史背景詳加討論,本節擬從張籍文學創作的技巧切入,探討其樂府詩作的文學價值。茲分以下幾點論述:

一、從表現技巧而言

(一) 鋪　敘

　　指鋪陳敘事,對事情加以直接地、鋪張地敘寫。這是樂府詩常用的手法之一,張籍詩作也不例外,善於運用此法加強文學的表現力量。如〈築城詞〉:

> ……重重土堅試行錐,軍吏執鞭催作遲。來時一年深磧裏,盡著短衣渴無水。力盡不得休杵聲,杵聲未盡人皆死。……
>
> (《張籍詩集》卷一)

層層鋪敘出築城之苦,以至築城夫對這樣的折磨無法承受而倒斃。又如〈沙堤行呈裴相公〉:

> 長安大道沙為堤,風吹無塵雨無泥。宮中玉漏下三刻,朱衣導騎丞相來。路旁高樓息歌吹,千車不行行者避。街官閣吏相傳呼,當前十里惟空衢。……(同前)

這是詩的前八句，將宰相的富貴層層鋪敘而出。在〈隴頭行〉中，則鋪敘出胡人陷涼州的慘景，詩云：

> 隴頭路斷人不行，胡騎已入涼州城。漢兵處處格鬥死，一朝盡沒隴西地。驅我邊人胡中去，散放牛羊食禾黍。去年中國養子孫，今著氈裘學胡語。……（《張籍詩集》卷七）

再如〈董逃行〉一詩，將戰亂之時人民逃難的情景層層鋪敘而出，其詩云：

> 洛陽城頭火瞳瞳，亂兵燒我天子宮。宮城南面有深山，將盡老幼藏其間。重巖爲屋橡爲食，丁男夜行候消息。聞道官軍猶掠人，舊里如今歸未得。……（同前）

再如〈永嘉行〉詩云：

> 黃頭鮮卑入洛陽，胡兒執戟升明堂。晉家天子作降虜，公卿奔走如驅羊。紫陌旌旛暗相觸，家家雞犬驚上屋。婦人出門隨亂兵，夫死眼前不敢哭。（《張籍詩集》卷一）

則層層鋪敘出胡人入侵中原，上至天子被虜，下至公卿百姓倉皇逃亡的苦難情形。

（二）白　描

這本是繪畫術語，指用墨線勾勒物象，不著顏色或只略施淡墨渲染的畫法。移用於文學上，指用最簡鍊的筆墨，不加烘托，勾勒出鮮明生動的形象。如前文談「鋪敘」所舉的〈築城詞〉、〈沙堤行呈裴相公〉、〈隴頭行〉、〈董逃行〉、〈永嘉行〉等五例，亦皆是白描手法的佳作。張籍樂府詩作中，善於運用白描，因而收到言簡意賅、鮮明生動的藝術效果。又如〈白鼉吟〉中，也運用如此的手法，而收到白描的效果：

> 天欲雨，有東風。南溪白鼉鳴窟中。六月人家井無水，夜聞鼉聲人盡起。（《張籍詩集》卷七）

只有簡短五句，則已將農民久旱盼雨之心，寫得十分生動，這得力於白描的簡鍊勾勒。又如〈烏啼引〉詩云：

> 秦烏啼啞啞，夜啼長安吏人家。吏人得罪囚在獄，傾家賣產將自贖。少婦起聽夜啼烏，知是官家有赦書。下床心喜

　　不重寐，未明上堂賀舅姑。少婦語啼鳥，汝啼慎勿虛；借
　　汝庭樹作高窠，年年不令傷爾雛。(《張籍詩集》卷一)

將得罪吏人家之少婦夜聽烏啼的欣喜之情白描而出。又如〈傷歌行〉
一詩云：

　　黃門詔下促收捕，京兆尹繫御史府。出門無復部曲隨，親
　　戚相逢不容語。辭成謫慰南海州，受命不得須臾留。身著
　　青衫騎惡馬，東門之外無送者。郵夫防吏急喧驅，往往驚
　　墮馬蹄下。長安里中荒大宅，朱門已除十二載。高堂舞榭
　　鏁管絃，美人遙望西南天。(同前)

將楊憑被貶官制罪時的狼狽情形，透過白描寫得極為詳細。又如〈江
村行〉一詩云：

　　南塘水深蘆笋齊，下田種稻不作畦。耕場磷磷在水底，短
　　衣半染蘆中泥。田頭刈莎結為屋，歸來繫牛還獨宿。水淹
　　手足盡為瘡，山蚤遠衣飛撲撲。桑村椹黑蠶再眠，小姑採
　　桑不餉田。江南熱旱天氣毒，雨中移秧顏色鮮。一年耕種
　　長苦辛，田熟家家將賽神。(《張籍詩集》卷七)

詩中透過白描，將農人具體實在的人物情態與感受寫出，表現出田家
所經歷的種種辛苦。再如〈江南曲〉亦以白描的手法，運用通俗的語
言，形象地再現了江南水鄉的風貌；〈採蓮曲〉，全詩運用白描手法，
將採蓮活動寫得相當細緻，表現出一種純樸明麗的風格，洋溢著濃郁
的江南民歌風味；〈成都曲〉則藉此一白描手法，截取典型景物以見
風情，描繪出唐代成都城南的優美風物和繁華市容。

（三）對　比

　　將內容相反或相關的兩種事物於在一起相互比較，相互對照，形
成具有強烈反差之藝術效果的修辭方式。在詩歌語言中，對比可以使
人物形象或事物性質、狀態、特徵更加鮮明，更加突出，如杜甫名句
「朱門酒肉臭，路有凍死骨」(〈自京赴奉先縣詠懷五百字〉,《杜詩詳
註》卷之四)。對比有「相反對比」與「相關對比」兩種。「相反對比」
就是構成對比關係的詩句在內容上是相反的，是對立的。「相反對

比」，在張籍樂府詩作中，如〈野老歌〉一詩：

> 老農家貧在山住，耕種山田三四畝。苗疏稅多不得食，輸
> 入官倉化爲土。歲暮鋤犁倚空室，呼兒登山收橡實。西江
> 賈客珠百斛，船中養犬長食肉。」（《張籍詩集》卷一）

將農人家貧的窘迫情境與商人的有「珠百斛」與「船中養犬長食肉」作了強烈的對比；又在〈賈客樂〉一詩中，則將「農夫稅多長苦辛，棄業寧爲販寶翁」，與賈客的「年年逐利西復東」及「姓名不在縣籍中」（同前）而免受苛稅，作了鮮明對比。張籍利用對比手法突顯貧富懸殊與不合理的社會現象。又如〈白頭吟〉詩云：

> 憶昔君前嬌笑語，兩情宛轉如縈素。宮中爲我起高樓，更
> 開花池種芳樹。春天百草秋始衰，棄我不待白頭時。羅襦
> 玉珥色未暗，今朝已道不相宜。（同前）

將宮娥之前受君王恩寵的盛況到君王的斷恩棄絕對比而出。再如〈雜怨〉詩云：「人當少年嫁，我當少年別」（同前）。

「相關對比」就是將內容相關的兩個事物放在一起對照來寫，使人讀後印象十分清晰，一目了然。其詩例如：

> 〈促促詞〉：「今年爲人送租船，去年捕魚向江邊。」（同前）
> 〈董公〉：「公衣無文采，公食少肥濃。」（《張籍詩集》卷七）
> 〈離婦〉：「有子未必榮，無子坐生悲。」（同前）

（四）譬　喻

「譬喻」即「比喻」，也就是所謂「賦、比、興」的「比」。宋・朱熹在《詩集傳》云：「比者，以彼物比此物也。」〔註11〕在王夢鷗《文學概論》中，則清楚地解釋：「『比』是用類似的東西來說明原來的東西，更精確地說：應該是用其他事物的類似點來代表原事物的特點，而這特點乃是作者的意象所在。」〔註12〕運用譬喻，可使所描寫事物的形象更加鮮明，特徵更加突出。許多複雜的、難以捉摸的現象，

〔註11〕見宋・朱熹《詩集傳》卷一，收入《四部叢刊三編》，上海，上海書店，1985年7月，頁9。

〔註12〕參見王夢鷗《文學概論》，臺北，藝文印書館，1989年8月，頁127。

也變得具體、生動、可感。請看〈古釵嘆〉一詩：

> 古釵墮井無顏色，百尺泥中今復得。鳳凰宛轉有古儀，欲
> 爲首飾不稱時。女伴傳看不知主，羅袖拂拭生光輝。蘭膏
> 已盡股半折，雕文刻樣無年月。雖離井底入匣中，不用還
> 與墜時同。(《張籍詩集》卷一)

通篇以生活中常見的古釵爲喻，說明有志之士不願迎合時宜，不能爲
當時社會所用。張籍在這裏藉此一手法，對當時朝廷一方面通過科舉
選拔人材，另一方面又不加重用的不合理現象，作了有力的諷刺。又
如〈猛虎行〉詩云：

> 南山北山樹冥冥，猛虎白日繞林行。向晚一身當道食，山
> 中麋鹿盡無聲。年年養子在空谷，雌雄上山不相逐。谷中
> 近窟有山村，長向村家取黃犢。五陵年少不敢射，空來林
> 下看行跡。(同前)

此即「借物喻人」，將猛虎暗喻殘暴的當權者，諷刺了當時政治的黑
暗。又如〈朱鷺曲〉與〈雀飛多〉則以羅網喻官府的嚴酷統治，鷺雀
喻求生無路之民，揭露出當時百姓的苦難，其詩云：

> ……避人引子入深塹，動處水紋開灩灩。誰知豪家網爾軀，
> 不如飲啄江海隅。(〈朱鷺曲〉，同前)

> 雀飛多，觸網羅，網羅高樹顛。汝飛蓬蒿下，勿復投身網
> 羅間。粟積倉，禾在田，巢在鶉，望其母來還。(〈雀飛多〉，
> 《張籍詩集》卷七)

又如〈沙提行呈斐相公〉一詩，以「沙堤」比喻相位，指出「沙堤」
終有「新堤未成舊堤盡」的一天。其他之詩例如〈長塘湖〉詩云：「大
魚如柳葉，小魚如針鋒」(同前)；〈懷別〉詩云：「君如天上雨，我如
屋下井。」(同前)；〈春別曲〉詩云：「長江春水綠堪染，蓮葉出水大
如錢。」(《張籍詩集》卷六)；〈征婦怨〉：「夫死戰場子在腹，妾身雖
存如晝燭。」(《張籍詩集》卷一)亦皆比喻。

（五）比　擬

是指將甲類事物當作乙類事物來對待、來描寫的一種修辭方法。

如將動物當成人或將無生命的東西當成有生命的東西來描寫，這就叫擬人。相反，將人當成動物或將有生命的東西當成無生命的東西來描寫，這就叫擬物。擬人，即將所表現的對象賦予它們人的言行、思想與感情，即所謂人格化，如〈牧童詞〉：

> ……牛群食草莫相觸，官家截爾頭上角。（《張籍詩集》卷一）

以人與牛語，將牛「擬人化」。又如〈烏啼引〉：

> ……少婦語啼烏，汝啼慎勿虛。借汝庭樹作高窠，年年不令傷爾雛。（同前）

此處則以人與鳥語，將鳥「擬人」化了。其他詩例如：

> 〈促促詞〉：「願教牛蹄團團一角直，君身常在應不得。」（同前）
>
> 〈永嘉行〉：「晉家天子作降虜，公卿奔走如驅羊。」（同前）
>
> 〈雀飛多〉：「汝飛蓬蒿下，勿復投身網羅間。」（《張籍詩集》卷七）
>
> 〈懷別〉：「無因同波流，願作形與影。」（同前）

（六）借　代

　　一種名稱或事物，不用其本來名稱或事物，而用別的名稱、別的事物來代替所寫的名稱或事物。被代替的名稱或事物一般不在作品中出現。借代可以使詩歌語言更加鮮明、生動，避免詞語重復，給人以新奇感，也易於產生聯想。在此一表現手法上，張籍多借古事代時事，以迂迴曲折的手法，諷刺當世，既能使言之者無罪，聞之者足以戒。如〈求仙行〉，借漢武帝派遣方士尋找長生不死的仙丹一事，譏刺唐代君王求仙鍊丹的荒誕和愚妄。又如〈永嘉行〉與〈董逃行〉，則分別引述西晉「永嘉之亂」與東漢「董卓之亂」的歷史事變，諷刺當代君王的昏庸無能、藩鎮的擁兵自重與當時的禍亂。

　　張籍在〈吳宮怨〉、〈楚宮行〉、〈楚妃怨〉中，借吳宮、楚宮中驕奢淫逸的生活，諷刺唐宮中的奢靡生活。

　　又如，在〈隴頭行〉一詩的末兩句云：「誰能還使李輕車，重取

涼州屬漢家。」(《張籍詩集》卷七)張籍則以漢朝李廣將軍借代英勇善戰的邊將。

(七) 暗 示

指的是表達時不直言明述某一意思或內容,而是敘寫與之有關聯的另一意思或內容,借助讀者的聯想,將要表達的意思或內容間接地表現出來,讓人體會真意。即所謂言在此而意在彼,通常出現在作意不便明言的作品中。在張籍的樂府詩中,有些是直接諷刺當權者之作,﹝註13﹞但有更多的作品則是借人民的不幸遭遇,以顯示其諷刺之意,就是對此一手法的運用,如〈征婦怨〉、〈白頭吟〉、〈雜怨〉、〈別離曲〉、〈促促詞〉、〈築城詞〉、〈樵客吟〉、〈江村行〉等。在這些作品中,純以白描的手法描繪人民的不幸遭遇或艱苦的生活,而沒有任何諷刺當權者之言。但是借由人民悲慘的遭遇,自然就能看出當權者之惡行,以達到諷刺的效果。

(八) 襯 托

即陪襯與烘托,指在敘寫主要事物的同時,有意識地敘寫次要事物,從而使主要事物表現得更鮮明、生動與深刻。襯托從內容上看,有以景襯情、以賓襯主、以動襯靜等幾種類型。從方式上看,則有正襯與反襯兩種。在張籍樂府詩中,用景物來烘托感情者,例如〈遠別離〉一詩,以「蓮葉團團荇葉折,長江鯉魚鰭□赤」(《張籍詩集》卷一),襯托出少婦傷離之情——「念君少年棄親戚,千里萬里獨為客」。又如〈促促詞〉一詩,以「促促復促促」烘托出「家貧夫婦懽不足」(同前)。又如〈山頭鹿〉則以「山頭鹿,雙角芰芰尾促促」(《張籍詩集》卷七),襯托出人民因賦稅苛重而深受其害,乃至於「貧兒多

﹝註13﹞張籍樂府詩中,直接諷刺當權者之作,如〈山頭鹿〉:「縣家唯憂少軍食,誰能令爾無死傷。」(《張籍詩集》卷七);〈牧童詞〉:「牛群食草莫相觸,官家截爾頭上角。」(《張籍詩集》卷一);〈廢宅行〉:「亂定幾人還本土,唯有官家重作主。」(《張籍詩集》卷七)等皆是。

租輸不足，夫死未葬兒在獄」。又如〈送遠曲〉亦以「吳門向西流水長，水長柳暗煙茫茫」（同前），以景襯情，襯托出送行之離愁別敘。再如〈白紵歌〉一詩云：

> 皎皎白紵白且鮮，將作春衣稱少年。裁縫長短不能定，自持刀尺向姑前。復恐蘭膏汙纖指，常遣傍人收墮珥。衣裳著時寒食下，還把玉鞭鞭白馬。（《張籍詩集》卷一）

詩中透過少婦裁做春裝的情景，以及少婦想像丈夫穿著適體的春裝，騎著白馬去遊春的英姿，襯托出少婦對丈夫的敬愛。再如〈宛轉行〉一詩云：

> 華屋重翠幄，綺席雕象床。遠露微更疏，薄衾中夜涼。爐氣暗徘徊，寒燈背斜光。妍姿結宵態，寢覺幽夢長。宛轉復宛轉，憶君更未央。（同前）

亦借屋室之華麗，烘托出卻因良人遠行，致使婦人難以入眠，襯托出婦人的思君念君之情。張籍樂府詩中，如〈關山月〉、〈望行人〉、〈秋於長〉、〈楚妃怨〉（《張籍詩集》卷六）、〈寄遠曲〉、〈思遠人〉、〈春別曲〉等詩，亦皆此類以景襯情之作。

（九）用　典

即以所要表現的語言去套合史實或古典意象，藉以喚起讀者的舊經驗，以資呈現新印象的修辭方法。〔註14〕用典之適當，可以使詩意深刻、明朗。梁・劉勰《文心雕龍・事類篇》云：

> 事類者，蓋文章之外，據事以類義，援古以證今者也。……然則明理引乎成辭，徵義舉乎人事，迺聖賢之鴻謨，經籍之通矩也。〔註15〕

又用典之法有二：一用古事以證今情，二用成辭以明今義。〔註16〕

〔註14〕前野直彬等撰、洪順隆譯《中國文學概論》，臺北，成文出版社，1980年，頁15。

〔註15〕梁・劉勰撰、黃叔琳等注《文心雕龍注・事類篇》卷八，臺北，宏業書局，1982年9月再版，頁614。

〔註16〕劉永濟《文心雕龍校釋》，臺北，正中書局，1991年9月臺初版第八次印行，頁47～52。

　　張籍的樂府詩，徵引故實之實例，如：〈隴頭行〉詩云：

　　誰能還使李輕車，重取涼州屬漢家。(《張籍詩集》卷七)

張籍以漢代名將「輕車將軍」——李蔡，曾因擊匈奴有功之故實，
〔註17〕寫出人民渴望有像「輕車將軍」那樣的名將來收取涼州。又
如〈董逃行〉(《張籍詩集》卷七) 一詩，以「董卓之亂」的故實，
借以記述了人民在「安史之亂」中遭受的深重苦難。其首句寫作「洛
陽城頭火瞳瞳」，而不直寫長安城頭，詩意明確而又含蓄。在詩末
也代人民發出譴責戰亂、祈求太平的呼聲：「董逃行，漢家幾時重
太平？」再如〈永嘉行〉(《張籍詩集》卷一) 一詩，詩人引用西晉
「永嘉之亂」的歷史事變，影射唐朝長安的幾次陷落。安祿山軍曾
逼走天子，占領長安；回紇軍也曾殺擄搶掠，朝廷不敢過問；吐蕃
兩次攻陷長安，殺人無數。又《晉書・孝懷帝紀》載：匈奴南攻，
「帝謂使者：『爲我語諸征鎮，若今日，尚可救，後則無逮矣！』
時莫有至者。」張籍據此寫道：「九州諸侯自顧土，無人領兵來護
主」之出語有據，詩末則以「北人避胡皆在南，南人至今能晉語」，
影射「安史之亂」後，士族多有逃亡到南方的。又〈吳宮怨〉(同
前) 則是借吳王夫差驕奢淫逸之舊事，暗指唐宮中的腐朽生活，反
映了廣大身處宮闈之婦女的痛苦和憤怨，另外〈楚宮行〉(同前)、
〈楚妃怨〉(《張籍詩集》卷七) 等亦皆此類之詩。

　　張籍之樂府詩也有許多用成辭之實例，如：〈寄遠曲〉

　　美人來去春江暖，江頭無人湘水滿。……蘭州桂楫常渡江，

　　無因重寄雙瓊璫。(《張籍詩集》卷一)

美人，出於《楚辭・離騷》卷第一：「惟草木之零落兮，恐美人之遲
暮。」春江，出於孟浩然〈送杜十四之江南〉詩云：「荊吳相接水爲
鄉，君去春江正渺茫。」(《孟浩然詩集校注》卷第四) 蘭州桂楫，出
於《楚辭・九歌・湘君》卷第二：「桂櫂兮蘭枻，斲冰兮積雪。」無

────────────

〔註17〕見司馬遷撰、裴駰等三家注、許東方校訂《史記》卷一百九，〈李將軍
　　　　列傳〉第四十九，臺北，宏業書局，1990 年 10 月再版，頁 780～783。

因，出於《楚辭・遠遊》卷第五：「質菲薄而無因兮，焉託乘而上浮。」
璫，出於《玉臺新詠・古詩爲焦仲卿妻作》卷一，詩云：「腰若流紈素，耳著明月璫。」又如〈行路難〉詩云：

> 君不見床頭黃金盡，壯士無顏色。(同前)

顏色，出於《楚辭・漁父》卷第七：「顏色憔悴，形容枯槁」。再如〈白紵歌〉詩云：

> 皎皎白紵白且鮮，將作春衣稱少年。……復恐蘭膏污纖指，
> 常遣傍人收墮珥。(同前)

皎皎，出於《詩經・小雅・白駒》：「皎皎白駒，食我場苗。」蘭膏，出於浩虛舟〈陶母截髮賦〉：「象櫛重理，蘭膏舊濡。」又〈讌客詞〉詩云：

> 上客不用顧金羈，主人有酒君莫違。(同前)

金羈，出於曹植〈白馬篇〉：「白馬飾金羈，連翩西北馳。」又〈送遠曲〉詩云：

> 殷勤振衣兩相囑，世事近來還淺促。……行人行處求知親，
> 送君去去徒酸辛。(同前)

振衣，出於《楚辭・漁父》卷第七：「新沐者必彈冠，新浴者必振衣。」
去去，出於蘇子卿〈古詩〉之三：「參辰皆已去去從此辭。」曹植〈雜詩六首〉（其二）：「去去莫復道，沈憂令人老。」又〈遠別離〉詩云：

> 幾時斷得城南陌，勿使居人有行役。(同前)

行役，出於《詩經・魏風・陟岵》：「嗟！予子行役，夙夜無已。」杜甫〈別房太尉墓〉詩云：「他鄉復行役，駐馬別孤墳。」又〈楚宮行〉詩云：

> 霓旌鳳蓋到雙闕，臺上重重歌吹發。……玉階羅幃微有霜，
> 齊言此夕樂未央。玉酒湛湛盈華觴，絲竹次第鳴中堂。巴
> 姬起舞向君王，迴身垂手結明璫。(同前)

霓旌，出於《史記・司馬相如傳》：「拖霓旌，靡雲旗。」杜甫〈哀江頭〉詩云：「憶昔霓旌下南苑，苑中萬物生顏色。」鳳蓋，出於班固〈西都賦〉：「登龍舟，張鳳蓋。」顏延之〈三月三日曲水詩序〉：「鳳

蓋俄軫，虹旗委蛇。」雙闕，出於曹植〈五游篇〉：「閶闔啓丹扉，雙闕曜朱光。」未央，出於《詩經・小雅・庭燎》：「夜如何其，夜未央。」《楚辭・離騷》卷第一：「及年歲之未晏兮，時亦猶其未央。」湛湛，出於陸機〈大暮賦〉：「肴饌饌其不毀，酒湛湛而每盈。」（《陸士衡集》卷三）明璫，出於曹植〈洛神賦〉：「無微情以效愛兮，獻江南之明璫。」張籍樂府詩中，類似此種運用成辭，轉化前人詩句之詩是很常見的。

（十）反　復

指爲了強調某種意思，增強某種感情色彩，有意將詩歌中某些詞語句加以重復使用的一種修辭格式。反復可分爲「連續反復」與「間隔反復」兩種。「連續反復」，就是處於同一詩句（詩行）中的某個詞、詞組或詩句重復使用，例如：

〈雜怨〉：「切切重切切，秋風桂枝折。」（《張籍詩集》卷一）

〈促促詞〉：「促促復促促，家貧夫婦懽不足」（同前）

〈宛轉行〉：「宛轉復宛轉，憶君更未央」（同前）

〈長塘湖〉：「長塘湖，一斛水中半斛魚」（《張籍詩集》卷七）

又如〈送遠曲〉：「吳門向西流水長，水長柳暗煙茫茫。」（同前）雖處於不同詩句（詩行）之內，但「水長」二字是連環節，所以仍可視爲連續反復。

「間隔反復」，就是指不處於同一詩句（詩行）中的某個詞、詞組或詩句的重復使用，例如〈關山月〉：「秋月明朗關山上，山中行人馬蹄響。關山秋來雨雪多，行人見月唱邊歌。……。可憐萬里關山道，年年戰骨多秋草。」（《張籍詩集》卷一）此一詩中，「關山」與「行人」同一詞分處於不同詩行之中，重復使用並爲其他詞語隔開。又如〈送遠曲〉一詩，即於詩中三用「行人」與兩用「吳門」一詞。再如〈妾薄命〉：「念君此行爲死別，對君裁縫泉下衣。與君一日爲夫婦，千年萬歲亦相守」（同前），以「君」字反復。

可知反復的作用在於增強感情色彩，強化語勢，使詩的語言更富有感染力。

（十一）變　換

即爲了避免重復而將表達同一或相關內容的詞語或語序變換一下之辭格。變換之作用在於使語言表達更多樣化，不會僵硬呆板。其詩例如下：

〈長塘湖〉：「大魚如柳葉，小魚如針鋒，水濁誰能辨眞龍。」
（《張籍詩集》卷七）
〈離婦〉：「有子未必榮，無子坐生悲。」（同前）
〈離婦〉：「與我古時釧，留我嫁時衣。」（同前）
〈離婦〉：「洛陽買大宅，邯鄲買侍兒。」（同前）
〈董公〉：「汝息爲我子，汝親我爲翁。」（同前）
〈董公〉：「其父教子義，其妻勉夫忠。」（同前）
〈董公〉：「公衣無文采，公食少肥濃。」（同前）
〈董公〉：「賢人佐聖人，德與神明通。」（同前）

二、從敘述手法而言

（一）篇章結構

張籍的樂府詩，若就詩篇整體的寫作結構而言，則多以敘述爲主，而少發議論。其以「先敘述後議論」者，約有〈求仙行〉、〈學仙〉、〈涼州詞〉（其二）、〈董逃行〉、〈樵客吟〉、〈離婦〉等數首。如〈離婦〉，旨在敘述女主人公的遭遇，其末四句結出議論：

有子未必榮，無子坐生悲。爲人莫作女，作女實難爲。（《張籍詩集》卷七）

又如〈求仙行〉、〈學仙〉，在詩的前段敘述了君王求仙的荒誕和愚妄，其詩末即云：

丹田有氣凝素華，君能保之昇絳霞。（〈求仙行〉，《張籍詩集》卷一）

求道慕靈異，不如守尋常。先王知其非，戒之在國章。（〈學仙〉，《張籍詩集》卷七）

又如〈董逃行〉，詩的前段敘述洛陽兵亂，人民逃亡的情景，其詩末

則云：

　　董逃行，漢家幾時重太平！（同前）

〈涼州詞〉（其二）中，敘寫了國土失守之久，於詩末即云：

　　邊將皆承主恩澤，無人解道取涼州。（《張籍詩集》卷六）

再如〈樵客吟〉，敘寫了樵夫採樵生活之辛苦，並在詩末道出：

　　採樵客，莫採松與柏。松柏生枝直且堅，與君作屋成家宅。

　　（《張籍詩集》卷七）

再如〈江南曲〉，則採取了復線並行的結構方式，將江南風物之描繪與水鄉生活雜揉在一起敘述，互爲映襯，相得益彰。

　　張籍的樂府詩，雖然極少主觀議論，但在其全篇以敘述爲主的作品，仍有其整體結構上的特色─即在詩的前面寫實，於末尾結出本意或主題，此相當於白居易所謂「卒章顯其志」［註18］的寫作手法，在結尾點題。如〈賈客樂〉、〈野老歌〉、〈牧童詞〉、〈別離曲〉、〈築城詞〉、〈將軍行〉、〈關山月〉、〈羈旅行〉、〈遠別離〉、〈出塞〉、〈隴頭行〉、〈塞上曲〉、〈廢宅行〉、〈山頭鹿〉等詩皆是。

　　詩篇的結尾對於詩的成功與否至關重要，梁・鍾嶸《詩品》評謝朓詩云：「善自發詩端，而末篇多躓。」，［註19］清・沈德潛亦云：「詩篇結局爲難，七言古尤難。前路層波疊浪而來，略無收應，成何章法？支離其詞，亦嫌煩碎。作手於兩言或四言中，層層照管，而又能作神龍掉尾之勢，神乎技矣！」［註20］由以上可知結尾的重要與結尾之難。張籍的樂府詩很注重結尾，充分發揮了詩末兩句或四句的作用，以之收束並振起全篇。

　　張籍的樂府詩的結尾是全篇必不可少的部分，且凝鍊而冷峭，在

［註18］白居易在〈新樂府序〉中，提出創作新樂府的理論：「篇無定句，句無定字，繫於意不繫於文。首句標其目，卒彰顯其志，《詩》三百之義也。」（唐・白居易撰、朱金城箋校《白居易集箋校》卷第三）。

［註19］見梁・鍾嶸撰、曹旭集注《詩品集注》，上海，上海古籍出版社，1994年10月，頁298。

［註20］見清・沈德潛撰、蘇文擢詮評《說詩晬語詮評》，臺北，文史哲出版社，1985年10月再版，頁228～229。

全篇蓄足力量的基礎上，出以警句，使全詩主旨得以揭示或深化，具有強烈的諷刺力量。如〈羈旅行〉，在敘述社會動亂中，人民的顛沛流離之苦以後，在詩末則云：

　　誰能聽我辛苦行，爲向君前歌一聲。（《張籍詩集》卷一）

譴責了當權者對人民疾苦的漠不關心。

（二）人　稱

　　張籍樂府詩中的人稱類型，以「第一人稱敘述」與「第三人稱敘述」兩種爲主。〔註21〕

　　甲、第一人稱敘述：所謂「第一人稱敘述」，乃指以「我」之口吻所作之敘述，詩中有作者「我」出現。此在張籍樂府詩中的運用，皆以詩人化身爲另一個人所作敘述之「假託」形式，〔註22〕直接敘述人物之親身經歷，使作品讀來眞實而有親切感。此類作品雖具個人經驗之形式，而實質上則純出於詩人的想像與其敏銳的觀察力。〔註23〕在張籍樂府詩中，此一敘述手法多運用於有關婦女遭遇題材的描寫，如〈妾薄命〉、〈別離曲〉、〈遠別離〉、〈白頭吟〉、〈寄衣曲〉、〈春江曲〉、〈憶遠曲〉、〈離婦〉等作品，或假託爲一宮女，或假託爲一征婦，或假託爲一思婦，表現一般，表現它的代表性。〔註24〕如〈白頭吟〉與〈妾薄命〉，所描寫的不是某一個別的婦女，而是代表當時失寵宮女的怨恨與征婦的悲慘遭遇和心理狀態。作者通過這種典型人物自身的口吻，敘述她們的遭遇與悲哀，以反映當時的社會現實。

　　乙、第三人稱敘述：所謂「第三人稱敘述」，乃指第三人稱「他」的口吻所作的敘述，此時作者已隱於幕後，成爲一個冷靜的記錄者。

〔註21〕參見金卿東《張籍、王建社會詩研究》，國立臺灣大學中研所碩士論文，1990年，頁182～186。

〔註22〕參見姚一葦〈中國詩中的人稱問題芻論〉，《華岡學報》第五期，頁40～51。

〔註23〕同前註。

〔註24〕同註12，頁51。

因此這一類詩遠較第一人稱敘述手法爲客觀。〔註25〕此第三人稱敘述手法爲張籍樂府詩中最常用者，大多用於反映社會現象爲主旨的作品。如〈猛虎行〉、〈永嘉行〉、〈野老歌〉、〈沙堤行呈裴相公〉、〈關山月〉、〈將軍行〉、〈遠別離〉、〈築城詞〉、〈賈客樂〉、〈江村行〉、〈塞上曲〉、〈廢宅行〉等，在這些作品中，作者只記述事件、境遇和狀態，不直接吐露自己的意念與情感，〔註26〕如〈傷歌行〉，真實地敘述一個貪官遭貶之時的狼狽情形。

三、從遣詞用字而言

（一）疊字入詩

張籍樂府詩中，以疊字入詩的情形是很普遍的。經筆者之察考，張籍樂府詩中之疊字詞語約有五十九種之多。詩人在詩歌創作中，當單字不足以盡其態之時，多運用疊字入詩，以摹擬物形或物聲，使詩歌中思想感情的表達更爲深切。例如張籍的〈雜怨〉：

> 切切重切切，秋風桂枝折。……念君非征行，年年長遠途。
>
> （《張籍詩集》卷一）

「切切」是摹擬風聲的蕭瑟，作者藉此起興，展開詩的情節並深化詩中的思想感情。以表現婦人的形容憂思與深切懷念。又如〈促促詞〉：

> 促促復促促，家貧夫婦懽不足。（同前）

以「促促」開頭，表現夫妻生活的窘迫。梁·劉勰《文心雕龍·物色篇》卷十云：

> 詩人感物，聯類不窮。流連萬象之際，沈吟視聽之區；寫氣圖貌，既隨物以宛轉；屬采附聲，亦與心而徘徊。故灼灼狀桃花之鮮，依依盡楊柳之貌，杲杲爲出日之容，瀌瀌擬雨雪之狀，喈喈逐黃鳥之聲，嚶嚶學草蟲之韻。皎日嘒星，一言窮理；參差沃若，兩字窮形。並以少總多，情貌

〔註25〕同註12，頁64。
〔註26〕同註11。

無遺矣。雖復思經千載，將何易奪。〔註27〕

由此可知，疊字又可使自然景物之描寫更生動，形象更鮮明，讓詩歌達到情景交融的境界。再如〈廢宅行〉一詩：

　　宅邊青桑垂<u>宛宛</u>，野蠶食葉還成繭。黃雀喞草入燕窠，<u>喞</u>
　　<u>喞啾啾</u>白日晚。（《張籍詩集》卷七）

以「宛宛」與「喞喞啾啾」，分別形容葉垂之貌與鳥雀之聲，生動地描述出居第無人，任蓬蒿自生，鳥雀繁衍，野蠶作繭，荒涼頹廢的空室景象。再如〈江南曲〉：

　　清莎覆城竹爲屋，無井家家飲潮水。長干午日沽春酒，<u>高</u>
　　<u>高</u>酒旗懸江口。……江南風土歡樂多，<u>悠悠處處</u>盡經過。（《張
　　籍詩集》卷一）

詩中句句寫實，文字樸實無華，加以疊字的運用，使得江南風景宛然在目，並且讀起來流暢自然，增強了詩的音律美和修辭美。無怪乎姚合譽之曰：「絕妙〈江南曲〉，淒涼〈怨女詩〉」（〈贈張籍太祝〉）。以下茲將疊字之餘例列舉如下，以明張籍樂府詩中運用疊字之頻繁：

　　〈築城詞〉：「<u>重重</u>土堅試行錐，軍吏執鞭催作遲。」（《張籍
　　　詩集》卷一）

　　〈楚宮行〉：「霓旌鳳蓋到雙闕，臺上<u>重重</u>歌吹發。」（同前）

　　〈白紵歌〉：「<u>皎皎</u>白紵白且鮮，將作春衣稱少年。」（同前）

　　〈送遠曲〉：「戲馬臺南山<u>簇簇</u>，山邊飲酒歌別曲。」（同前）

　　〈送遠曲〉：「青天<u>漫漫</u>覆長路，遠遊無家安得住？」（同前）

　　〈猛虎行〉：「南山北山樹<u>冥冥</u>，猛虎白日繞林行。」（同前）

　　〈採蓮曲〉：「青房圓實齊<u>戢戢</u>，爭前競折漾微波。」（同前）

　　〈促促詞〉：「願教牛蹄<u>團團</u>一角直，君身常在應不得。」（同
　　　前）

　　〈懷別〉：「古道隨水曲，<u>悠悠</u>繞荒村。」（同前）

　　〈將軍行〉：「隴頭戰勝夜亦行，分兵<u>處處</u>收舊城。」（同前）

　　〈烏啼引〉：「秦烏啼<u>啞啞</u>，夜啼長安吏人家。」（同前）

　　〈北邙行〉：「<u>朝朝暮暮</u>人送葬，洛陽城中人更多。」（同前）

〔註27〕同註5，頁693～694。

〈傷歌行〉：「郵夫防吏急喧驅，<u>往往</u>驚墮馬蹄下。」（同前）

〈賈客樂〉：「金多眾中爲上客，<u>夜夜</u>算緡眠獨遲。」（同前）

〈賈客樂〉：「秋江初月<u>猩猩</u>語，孤帆夜發瀟湘渚。」（同前）

〈朱鷺曲〉：「避人引子入深塹，動處水紋開<u>灩灩</u>。」（同前）

〈譙客詞〉：「<u>人人</u>齊醉起舞時，誰覺翻衣與倒幘？」（同前）

〈吳宮怨〉：「茱萸滿宮紅實垂，秋風<u>嫋嫋</u>生繁枝。」（同前）

〈北邙行〉：「洛陽北門北邙道，喪車<u>轔轔</u>入秋草。」（同前）

〈將軍行〉：「戰車<u>彭彭</u>旌旗動，三十六軍齊上隴。」（同前）

〈將軍行〉：「胡兒殺盡陰磧暮，<u>擾擾</u>唯有牛羊聲。」（同前）

〈羈旅行〉：「晨雞<u>喔喔</u>茆屋傍，行人起掃車上霜。」（同前）

〈楚宮行〉：「玉酒<u>湛湛</u>盈華觴，絲竹次第鳴中堂。」（同前）

〈思遠人〉：「<u>去去</u>人應老，<u>年年</u>草自生。」（《張籍詩集》卷二）

〈望行人〉：「<u>日日</u>出門望，<u>家家</u>行客歸。」（同前）

〈別鶴〉：「別離應易老，萬里兩<u>淒淒</u>。」（同前）

〈莊陵挽歌詞〉（其一）：「白日已<u>昭昭</u>，干戈亦漸消。」（同前）

〈莊陵挽歌詞〉（其三）：「<u>慘慘</u>郊原暮，<u>遲遲</u>挽唱哀。」（同前）

〈送遠曲〉：「吳門向西流水長，水長柳暗煙<u>茫茫</u>。」（《張籍詩集》卷七）

〈秋夜長〉：「白露滿田風<u>裊裊</u>，千聲萬聲鶗鳥鳴。」（同前）

〈短歌行〉：「青天<u>蕩蕩</u>高且虛，上有白日無根株。」（同前）

〈憶遠曲〉：「水上山<u>沈沈</u>，征途復繞林。」（同前）

〈春日行〉：「春日<u>融融</u>池上暖，竹芽出土蘭心短。」（同前）

〈春日行〉：「<u>樹樹</u>殷勤盡繞行，攀枝未遍春日暝。」（同前）

〈董公〉：「<u>翩翩</u>者蒼烏，來巢於林叢。」（同前）

〈洛陽行〉：「洛陽宮闕當中州，城上<u>峨峨</u>十二樓。」（同前）

〈山頭鹿〉：「山頭鹿，雙角<u>芰芰</u>尾<u>促促</u>。」（同前）

〈塞上曲〉：「將軍閱兵青塞下，鳴鼓<u>鼜鼜</u>促獵圍。」（同前）

〈江村行〉：「耕場<u>磷磷</u>在水底，短衣半染蘆中泥。」（同前）

〈江村行〉：「水淹手足盡爲瘡，山蚿遶衣飛<u>撲撲</u>。」（同前）

〈樵客吟〉：「斧聲坎坎在幽谷，採得齊稍青藠束。」（同前）

〈泗水行〉：「泗水流急石纂纂，鯉魚上下紅尾短。」（同前）

〈泗水行〉：「城邊漁市人早行，水煙漠漠多棹聲。」（同前）

〈雲童行〉：「雲童童，白龍之尾垂江中。」（同前）

〈董逃行〉：「洛陽城頭火瞳瞳，亂兵燒我天子宮。」（同前）

〈山頭鹿〉：「早日熬熬烝野岡，禾黍不收無獄糧。」（同前）

〈春水曲〉：「鴨鴨，嘴唼唼。」（同前）

〈新桃〉：「明年結甘實，磊磊充汝家。」（同前）

〈惜花〉：「濛濛庭樹花，墜地無顏色。」（同前）

〈董公〉：「不自以爲資，奉上但顒顒。」（同前）

〈學仙〉：「六時朝上清，佩玉紛鏘鏘。」（同前）

（二）喜用頂真

張籍樂府詩中，也喜用「頂眞」格，即以後一句起頭的詞語與前一句結尾的詞語相同的修辭法。此一修辭法又稱「連環」辭格，此亦舉如下詩句以明之：

〈永嘉行〉：「北人避胡皆在南，南人至今能晉語。」（《張籍詩集》卷一）

〈將軍行〉：「戰車彭彭旌旗動，三十六軍齊上隴。隴頭戰勝夜亦行，分兵處處收舊城。」（同前）

〈築城詞〉：「力盡不得休杵聲，杵聲未盡人皆死。」（同前）

〈楚宮行〉：「下輦更衣入洞房，洞房侍女盡焚香。」（同前）

〈烏啼引〉：「秦烏啼啞啞，夜啼長安吏人家。吏人得罪囚在獄，傾家賣產將自贖。」（同前）

〈白紵歌〉：「衣裳著時寒食下，還把玉鞭鞭白馬。」（同前）

〈沙堤行〉：「路傍高樓息歌吹，千車不行行者避。」（同前）

〈湘江曲〉：「湘江無潮秋水闊，湘中月落行人發。行人發，送人歸，白蘋茫茫鷓鴣飛。」（《張籍詩集》卷七）

〈崔飛多〉：「崔飛多，觸網羅，網羅高樹顛。」（同前）

〈春水曲〉：「蕩漾木蘭船，中有雙少年。少年醉，鴨不起。」（同前）

〈離婦〉：「爲人莫作<u>女</u>，作<u>女</u>實難爲。」（同前）

〈董公〉：「所憂在萬<u>人</u>，<u>人</u>實我寧空。」（同前）

〈董逃行〉：「洛陽城頭火瞳瞳，亂兵燒我天子<u>宮</u>。<u>宮</u>城南
面有深山，將盡老幼藏其間。」（同前）

〈廢宅行〉：「胡馬崩騰滿阡陌，都人避亂唯空<u>宅</u>。<u>宅</u>邊青
桑垂宛宛，野蠶食葉還成繭。」（同前）

〈送遠曲〉：「吳門向西流<u>水長</u>，<u>水長</u>柳暗煙茫茫。」（同前）

由於「頂眞」的運用，使一句頂住一句，將上一句過渡到下一句，意
義層層遞進，讓前後句的語氣和文意相銜接，氣勢流暢，使整篇有一
脈相承之感，讀起來富有節奏感，成爲張籍樂府詩在語法上的特色。

第七章　張籍樂府詩之評價與影響

　　自唐以來，歷代詩論家對張籍的詩評價資料很多，論點也很不一致。文學史家常以其擅樂府與王建並稱「張、王」；晚年與韓愈齊名，時稱「韓、張」。本文依時代先後，分別簡述歷代詩論家對於張籍樂府詩歌創作的評論。所依據之資料，採自清·何文煥輯《歷代詩話》、丁福保輯《歷代詩話續編》、丁福保輯《清詩話》、郭紹虞編《清詩話續編》、陳伯海主編《唐詩論評類編》、陳伯海主編《唐詩彙評》、袁閭琨主編《全唐詩廣選新注集評》第六卷等書。

第一節　歷代詩論家之評價

　　歷代詩論家對於張籍樂府詩歌創作的評論，自宋至近代比起唐、五代時期，相對的增多。本節茲分：甲·唐、五代時期；乙·宋、元時期；丙·明代時期；丁·清、近代時期四階段論述。

甲、唐、五代時期

一、時人交往詩文的讚頌

　　《舊唐書》卷一百六十〈韓愈傳〉云：「愈性弘通，與人交，榮

悴不易。少時與……張籍友善。」〔註1〕又元・辛文房《唐才子傳》
卷五云：「（張籍）初至長安，謁韓愈。一會如平生歡，才名相許，論
心結契。」〔註2〕張、韓二人之交往，始於唐德宗貞元十三年（西元
797 年）。張籍是韓門中人，亦是其至交，是以韓愈對張詩甚爲推重。
韓愈與張籍的唱和詩有〈此日足可惜贈張籍〉、〈調張籍〉、〈病中贈張
十八〉、〈題張十八所居〉等十八首之多，其中雖多屬情感交流之作，
卻不乏文學批評之意義。

　　韓愈〈此日足可惜贈張籍〉詩云：「州家舉進士，選試繆所當。
馳辭對我策，章句何煒煌。相公朝服立，工席歌〈鹿鳴〉。禮終樂亦
闋，相拜送於庭。之子去須臾，赫赫流盛名。」（《韓愈全集校注・詩・
貞元十五年》）即貞元十五年春二月，張籍登進士第之後，韓愈對籍
的稱譽之詞。又如〈病中贈張十八〉詩云：「籍也處閭里，抱能未施
邦。文章自娛戲，金石日擊撞。龍文百斛鼎，筆力可獨扛。……君乃
崑崙渠，籍乃嶺頭瀧。」（《韓愈全集校注・詩・貞元十四年》）與〈代
張籍與李浙東書〉云：「未必不如聽吹竹彈絲、敲金擊石也。」（《韓
愈全集校注・文・元和六年》）亦皆是對張籍的稱譽之詞。再如〈題
張十八所居〉詩云：「名秩後千品，詩文齊六經。端來問奇字，爲我
講聲形。」（《韓愈全集校注・詩・元和十一年》）可知張籍深通於文
字聲形之學，而韓愈之好用奇僻字，實有得於張籍，並稱籍之「詩文
齊六經」。又張籍在〈祭退之〉詩中云：「公文爲時師，我亦有微聲，
而後之學者，或號爲韓、張。」（《張籍詩集》卷七）可知韓愈對張籍
之評價頗高，以及張籍在時人之中也深受肯定。

　　在張籍的交遊之中，以詩風通俗淺易見稱之白居易，有一段評論
張籍樂府詩的重要資料：

〔註1〕　後晉・劉昀等撰《舊唐書》卷一百六十，列傳第一百一十〈韓愈傳〉，
　　　　北京，中華書局，1991 年 12 月一版四刷，頁 4203。
〔註2〕　元・辛文房撰，傅璇琮主編《唐才子傳校箋・張籍》，北京，中華書
　　　　局，第二冊，1989 年 3 月一版一刷，頁 561。

　　張君何爲者，業文三十春。尤工樂府詩，舉代少其倫。爲
　　詩意如何，六義互鋪陳。風雅比興外，未嘗著空文。讀君
　　〈學仙〉詩，可諷放佚君。讀君〈董公〉詩，可誨貪暴臣。
　　讀君〈商女〉詩，可感悍婦仁。讀君〈勤齊〉詩，可勸薄
　　夫敦。上可裨教化，舒之濟萬民。下可理情性，卷之善一
　　身。（〈讀張籍古樂府〉，《白居易集箋校》卷第一）

指出張籍樂府詩的特點是「風雅比興」，如從時人的交往詩文來看張
籍的樂府詩，白居易此段文字對張籍的樂府詩論之最詳。除此之外，
白居易還對張籍努力創作予以肯定：

　　始從青衿歲，迨此白髮新。日夜秉筆吟，心苦力亦勤。時
　　無采詩官，委棄如泥塵。恐君百歲後，滅沒人不聞。願藏
　　中祕書，百代不湮淪。願播內樂府，時得聞至尊。言者志
　　之苗，行者文之根。所以讀君詩，亦知君爲人。（同前）

詩中肯定張籍的人格，又由於張籍是新樂府運動的先驅和積極參加
者，白居易對他推崇備至是理所當然的。

　　元稹〈授張籍祕書郎制〉云：「《傳》云：『王澤竭而詩不作。』
又曰：『采詩以觀人風。』斯亦警予之一事也。以爾（張）籍雅尚古
文，不從流俗，切磨諷興，有助政經，而又居貧晏然，廉退不競。俾
任石渠之職，思聞木鐸之音，可守祕書郎。」（《全唐文》卷六四八）
此段文字特別肯定張籍的樂府詩和人品，認爲張籍所作不從流俗，具
有諷諭興寄，有助政教。

　　劉禹錫〈張郎中籍遠寄長句開緘之日已及新秋因舉目前仰酬高
韻〉詩云：「對此獨吟還獨酌，知音不見思愴然。」（《劉禹錫集箋證》
外集卷六）又如〈裴相公大學士見示答張祕書謝馬詩并群公屬和因命
追作〉詩云：「不與王侯與詞客，知輕富貴重清才。」（同前）由以上
二詩，可知劉禹錫極肯定張籍的才華，並視之爲知音。

　　賈島〈投張太祝〉詩更稱之云：「風骨高更老，向春初陽葩。……
有子不敢和，一聽千嘆嗟。」（《長江集新校》卷二）；又姚合〈贈張
籍太祝〉詩云：「絕妙〈江南曲〉，淒涼〈怨女詩〉。古風無手敵，新

語是人知。……**麟臺添集卷,樂府換歌詞。李白應先拜,劉禎必自疑。**」
(《全唐詩》卷四百九十七)此詩將張籍樂府詩的地位提至最高,並
與其他詩人做比較,詩稱即使李白也要對張籍禮敬三分,劉禎則更不
如了。

二、悼念詩文的揄揚

張籍約卒於唐文宗大和四年(西元 830 年),約享年六五歲,其
時賈島有〈哭張籍〉詩云:「精靈歸恍惚,石聲韻曾聞。即日是前古,
誰人耕此墳?舊遊孤櫂遠,故域九江分。本欲蓬瀛去,參芝御白雲。」
(《長江集新校》卷八);又釋無可〈哭張籍司業〉詩云:「先生抱衰
疾,不起茂陵間。夕臨諸孤少,荒居弔客還。遺文禪東岳,留語葬鄉
山。多雨銘旌故,殘燈素帳開。樂章誰與集,龍樹即堪攀。神理今難
問,予將叫帝關。」(《全唐詩》卷八一四)悼念張籍詩文無人編集。

三、雜史筆記、書序中的評論

唐・李肇《唐國史補》卷下云:

> 元和已後,爲文筆則學奇詭於韓愈,學苦澀于樊宗師。歌
> 行則學流蕩于張籍。詩章則學矯激于孟郊,學淺切於白居
> 易,學淫靡於元稹。俱名爲「元和體」。大抵天寶之風尚黨,
> 大曆之風尚浮,貞元之風尚蕩,元和之風尚怪也。〔註3〕

張籍的詩歌,在當時詩壇上起了很大的作用。李肇認爲「元和之風尚
怪」,是指在變革中所出現的新詩風也。

南唐・張洎〈張司業集序〉云:

> 公爲古風最善,自李、杜之後,風雅道喪,繼其美者,唯公
> 一人。……,其爲當時文士推服也如此。元和中,公及元丞
> 相、白樂天、孟東野歌調,天下宗匠,謂之元和體。又長於
> 今體律詩。貞元以前,作者間出,大抵互相祖尚,拘於常態,
> 迨公一變,而章句之妙,冠於流品矣。(《張籍詩集》附錄二)

〔註3〕 唐・李肇《唐國史補》卷下,臺北,世界書局,1991 年 6 月四版,
頁 57。

此稱頌張籍是繼李、杜之後，於樂府古風的唯一繼承人。

　　張籍的樂府詩中多有警策之句，據後晉・劉昫《舊唐書》卷一百六十〈張籍傳〉即稱張籍：「能爲古體詩，有警策之句，傳於時。」〔註4〕又唐・張爲《詩人主客圖》列之爲「清奇雅正」入室十人，張籍第六。〔註5〕總結而言，張籍的樂府詩在當時是獲得頗高的評價，雖難免有溢美之詞，但是爲時人所肯定的。

乙、宋、元時期

一、對張籍樂府詩之評價

　　宋、元時期的詩論家對張籍樂府詩之評價，毀譽皆有。譽之者如：宋・歐陽修、宋祁《新唐書》卷一百七十六，列傳第一百一〈韓愈傳〉附傳云：「籍爲詩，長於樂府，多警句。」〔註6〕此承《舊唐書》之說。其時之詩論家有從創作風格上品評者，如宋・王安石〈題張司業詩〉云：「蘇州司業詩名老，樂府皆言妙入神；看似尋常最奇崛，成如容易卻艱辛。」〔註7〕「奇崛」，是指作品的風格，也是指藝術的表現手法。又如宋・劉攽《中山詩話》云：「張籍樂府詞，清麗深婉，五言律詩亦平澹可愛，至七言詩則質多文少。材各有宜，不可強飾。」〔註8〕雖稱張詩「清麗深婉」、「平澹可愛」，但仍云其「質多文少」，對張詩的肯定是有一定的限度。又如南宋・吳曾《能改齋漫錄》引劉次莊《樂府塵土黃詞序》云：「張籍則平逸優游，足有雅思，而氣骨差弱。」〔註9〕

〔註4〕同註1，列傳第一百一十〈張籍傳〉，頁4204。
〔註5〕唐・張爲《詩人主客圖》，收入丁福保輯《歷代詩話續編》上冊，臺北，木鐸出版社，1988年7月初版，頁88。
〔註6〕宋・歐陽修、宋祁《新唐書》卷一百七十六，列傳第一百一〈韓愈傳〉附傳，北京，中華書局，1991年12月一版四刷，頁5267。
〔註7〕王安石〈題張司業詩〉，《臨川文集》卷三十一，《文淵閣四庫全書》，臺北，臺灣商務印書館，1986年，第一一〇五冊，頁224。
〔註8〕宋・劉攽《中山詩話》，收入清・何文煥輯《歷代詩話》上冊，北京，中華書局，1992年5月一版三刷，頁288。
〔註9〕南宋・吳曾《能改齋漫錄》此評，轉引自陳伯海主編《唐詩彙評・

再如宋・許顗《彥周詩話》云：「張籍王建，樂府宮詞皆傑出，所不能追逐李杜者，氣不勝耳。」〔註10〕再如元・吳師道《吳禮部詩話》引時天彝《唐百家詩選評》云：「建樂府固傚文昌，然文昌恣態橫生，化俗爲雅，建則從俗而已。」〔註11〕

宋・計有功《唐詩紀事》卷三十四亦引宋・劉攽之言，並謂：「籍詩善敘事。」〔註12〕宋・嚴羽《滄浪詩話》云：「大歷後……，張籍王建之樂府，我所深取耳。」〔註13〕宋・周紫芝《竹坡詩話》云：「唐人作樂府者甚多，當以張文昌爲第一。」〔註14〕又元・范梈《木天禁語》云：「（樂府篇法）張籍爲第一，王建近體次之，長吉虛妄不必效，岑參有氣，惜語硬，又次之。張王最古……」〔註15〕以上皆給予張籍樂府詩極高的評價。又如宋・曾季貍《艇齋詩話》云：「張籍樂府甚古，如〈永嘉行〉尤高妙。唐人樂府，惟張籍王建古質。……要之，孟郊、張籍，一等詩也。唐人詩有古樂府氣象者，惟此二人。但張籍詩簡古易讀，孟郊詩精深難窺耳。」〔註16〕稱張詩古質，並有古樂府氣象。

詩評家亦多將張籍與王建、元稹、白居易並論，如元・辛文房《唐才子傳》卷五稱張籍：

張籍》中冊，杭州，浙江教育出版社，1995年5月一版一刷，頁1892。

〔註10〕宋・許顗《彥周詩話》，收入清・何文煥輯《歷代詩話》上冊，北京，中華書局，1992年5月一版三刷，頁385。

〔註11〕元・吳師道《吳禮部詩話》，收入丁福保輯《歷代詩話續編》中冊，臺北，木鐸出版社，1988年7月初版，頁612。

〔註12〕宋・計有功撰、王仲鏞校箋《唐詩紀事校箋》卷三十四，成都，巴蜀書社，1992年3月一版二刷，頁934～935。

〔註13〕宋・嚴羽《滄浪詩話》，收入清・何文煥輯《歷代詩話》下冊，北京，中華書局，1992年5月一版三刷，頁697。

〔註14〕宋・周紫芝《竹坡詩話》，收入清・何文煥輯《歷代詩話》上冊，北京，中華書局，1992年5月一版三刷，頁354。

〔註15〕元・范梈〈樂府篇法〉，《木天禁語》，收入清・何文煥輯《歷代詩話》下冊，北京，中華書局，1992年5月一版三刷，頁746。

〔註16〕宋・曾季貍《艇齋詩話》，收入丁福保輯《歷代詩話續編》上冊，臺北，木鐸出版社，1988年7月初版，頁295、324。

> 公於樂府古風，與王司馬自成機軸，絕世獨立。自李、杜
> 之後，風雅道喪。至元和中，曁元、白歌詩，爲海內宗匠，
> 謂之「元和體」，病格稍振，無愧洪河砥柱也。〔註17〕

辛氏亦給予極高的評價，稱籍之樂府「絕世獨立」，且於元和中，無愧爲洪河砥柱也。

又宋・尤袤《全唐詩話》卷二〔註18〕所云與宋・葛立方《韻語陽秋》卷二稱張籍：「至於樂府，則稍超矣」〔註19〕皆是詩論家據白居易〈讀張籍古樂府〉與姚合〈贈張籍太祝〉二詩所言之基礎上而論說的。

宋、元之詩論家對張籍之樂府詩亦有毀之者，如宋・張戒《歲寒堂詩話》卷上云：

> 元白張籍王建樂府，專以道得人心中事爲工，然其詞淺近，
> 其氣卑弱。……
>
> 然而詞意淺露，略無餘蘊。元白張籍，其病正在此，只知
> 道得人心中事，而不知道盡則又淺露也。……
>
> 元白張籍詩，皆自陶阮中出，專以道得人心中事爲工，本
> 不應格卑，但其詞傷于太煩，其意傷于太盡，遂成冗長卑
> 陋爾。〔註20〕

張氏稱籍之樂府「其詞淺近，其氣卑弱」、「詞意淺露，略無餘蘊」、「格卑」、「卑陋」，皆是持否定態度的。宋・魏泰則認爲張籍之樂府詩是「惡詩」，他在《臨漢隱居詩話》中指出：

> 唐人亦多爲樂府，若張籍王建元積白居易以此得名。其述
> 情敍怨，委曲周詳，言盡意盡，更無餘味。及其末也，或
> 是詼諧，便使人發笑，此曾不足以宣諷。……甚者或譎怪，

〔註17〕元・辛文房撰、傅璇琮主編《唐才子傳校箋》第二冊，卷五，北京，中華書局，1989 年 3 月一版一刷，頁 567～568。

〔註18〕參見宋・尤袤《全唐詩話》卷二，收入清・何文煥輯《歷代詩話》上冊，北京，中華書局，1992 年 5 月一版三刷，頁 111。

〔註19〕宋・葛立方《韻語陽秋》卷二，收入清・何文煥輯《歷代詩話》下冊，北京，中華書局，1992 年 5 月一版三刷，頁 497。

〔註20〕宋・張戒《歲寒堂詩話》卷上，收入丁福保輯《歷代詩話續編》上冊，臺北，木鐸出版社，1988 年 7 月初版，頁 450～459。

　　或俚俗，所謂惡詩也，亦何足道哉！〔註21〕

魏氏稱籍之樂府「言盡意盡，更無餘味」，則是更是徹底的否定張詩，如此的評論，幾乎已將張詩的價值全盤否定。

二、對張籍樂府詩的摘句評賞

　　自宋、元之詩論家有不願隨口批騭者，則改以具體詩篇評析張籍之樂府詩藝。例如宋・葛立方《韻語陽秋》卷六評〈白頭吟〉云：

　　余觀張籍〈白頭吟〉云：「春天百草秋始衰，棄我不待白頭時。羅襦玉珥色未暗，今朝已道不相宜。」……其語感人深矣！〔註22〕

又如宋・強行父《唐子西文錄》評〈楚宮行〉云：

　　張文昌詩：「六宮才人〈大垂手〉，願君千年萬年壽，朝出射麋暮飲酒。」古樂府〈大垂手〉〈小垂手〉〈獨搖手〉，皆舞名也。〔註23〕

再如元・范梈《木天禁語》，〈樂府篇法〉云：

　　（樂府篇法）要訣在於反本題結，如〈山農詞〉，結卻用「西山賈客珠百斛，船中養犬多食肉」是也。又有含蓄不發結者。又有截斷頓然結者，如「君不見蜀葵花」是也。〔註24〕

丙、明代時期

一、關於張籍樂府詩之作風的品評

　　鍾惺、譚元春《唐詩歸》云：「鍾惺云：張文昌妙情秀質，而別有溫夷之氣，思緒清密，讀之無深苦之跡，在中唐最為蘊籍。」〔註25〕此段文字是在宋人評論的基礎上加以推闡的。又如劉成德

〔註21〕宋・魏泰《臨漢隱居詩話》，收入清・何文煥輯《歷代詩話》上冊，
　　　　北京，中華書局，1992 年 5 月一版三刷，頁 322。
〔註22〕同註 14，卷六，頁 536。
〔註23〕宋・強行父《唐子西文錄》，收入清・何文煥輯《歷代詩話》上冊，
　　　　北京，中華書局，1992 年 5 月一版三刷，頁 446。
〔註24〕同註 10。
〔註25〕明・鍾惺、譚元春《唐詩歸》此評，轉引自陳伯海主編《唐詩彙評・

〈唐司業張籍詩集序〉云：

> 余并其詩而觀之，其樂府詩，景眞情眞，有風人之意。而
> 五言近體，又皆勁健清雅，脫落塵想，俱從胸臆中出。……
> 司業之詩新而奇，……卒皆可傳。〔註26〕

此說可謂公允。張籍樂府詩最顯著的特色就在於「眞」。眞實地描繪了當時社會的百態，直抒胸臆。再如王世貞《藝苑卮言》卷四云：

> 樂府之所貴者，事與情而已。張籍善言情，王建善徵事，
> 而境皆不佳。〔註27〕

王氏將張籍、王建二家提出並論，雖二人各有所長，但境皆不佳，後世據王氏此言進一步推闡者頗多。又顧璘《批點唐音》則稱：「張公意殊勝於王，爲有含藏耳。」〔註28〕胡震亨《唐音癸籤》卷九則稱：「籍、建、長吉之不能追李、杜，固也。……所以張文昌只得就世俗俚淺事做題目，不敢及其他。」〔註29〕此論影響至清人的評論，稱張籍、王建爲俚俗一派。

二、前賢評張籍樂府詩資料的檢討

　　明代詩論家有將張籍與王建做比較者，例如許學夷《詩源辯體》云：

> 張籍五言古極少，王建五言古聲調反純，然不成語者多；
> 樂府七言，二公又是一家，王元美云：「樂府之所貴者，事
> 與情而已。張籍善言情，王建善徵事，而境皆不佳。」馮
> 元成謂：「較李、杜歌行，判若河漢。」是也。愚按：二公
> 樂府，意多懇切，語多痛快，正元和體也。然析而論之，

　　　　《張籍》中冊，杭州，浙江教育出版社，1995 年 5 月一版一刷，頁 1893。
〔註26〕明・劉成德〈唐司業張籍詩集序〉，收入《張籍詩集》附錄二，北京，中華書局，1965 年 8 月上海一版三刷，頁 112。
〔註27〕明・王世貞《藝苑卮言》卷四，收入丁福保輯《歷代詩話續編》中冊，臺北，木鐸出版社，1988 年 7 月初版，頁 1015。
〔註28〕明・顧璘《批點唐音》此評，轉引自陳伯海主編《唐詩彙評・張籍》中冊，杭州，浙江教育出版社，1995 年 5 月一版一刷，頁 1893。
〔註29〕明・胡震亨《唐音癸籤》卷九，上海，上海古籍出版社，1984 年 8 月一版二刷，頁 87。

張語造古淡，較王稍爲婉曲，王則語語痛快矣。且王詩多，
而入錄者少，故知其去張實遠也。其仄韻亦多上、去二聲
雜用。〔註30〕

許氏以張、王二家詩作風格相比較，並提出王世貞與馮元成之語，稱
王建遠不及張籍。又如胡震亨《唐音癸籤》卷七亦云：

文章窮於用古，矯而用俗，如史、漢後六朝史之入方言俗
語是也。籍、建詩之用俗亦然。王荊公題籍集云：「看是尋
常最奇崛，成如容易卻艱辛。」凡俗言俗事入詩，較用古
更難。知兩家詩體，大費鑄合在。〔註31〕

胡氏以張、王並論，提出王安石之論，肯定二家以「俗言俗事入詩」
之價值。

三、有關張籍樂府詩的評賞

明人對張籍樂府詩的評賞，已較宋、元人數量爲多。其中尤以〈送
遠曲〉、〈各東西〉、〈節婦吟〉、〈涼州詞〉（其二）等詩之評賞爲然。
以〈涼州詞〉（其二）一詩爲例論之：

明・周敬、周珽《唐詩選詠會通評林》：楊愼列爲能品。　宗
臣曰：圓轉玲瓏。　吳山民曰：後二語說得醜殺人。　何
景明曰：用意深備，使當時將帥聞之，必有赧色。

明・郭濬評點、周明輔等參訂《增定評注唐詩正聲》：周云：
刺體，直中有婉。

明・敖英輯評、凌雲補輯《唐詩絕句類選》：唐人詠邊塞率
道戍役愁苦，不則代邊帥自負，獨此詩有諷刺，有關係。

明・李攀龍輯、袁宏道校《唐詩訓解》：將不效力，不嫌直致。

明・黃克纘、衛一鳳輯《全唐風雅》：黃云：譏刺時事而意
不淺露，可以風矣。〔註32〕

〔註30〕明・許學夷《詩源辯體》此評，轉引自陳伯海主編《唐詩彙評・張
　　　　籍》中冊，杭州，浙江教育出版社，1995年5月一版一刷，頁1893。
〔註31〕同註24，卷七，頁66。
〔註32〕以上諸評論，轉引自陳伯海主編《唐詩論評類編・張籍》，濟南，山

以上諸評論，多就此詩之「直中有婉」、「可以風矣」而言，亦有稱其
為「能品」者。又如許學夷《詩源辯體》云：

> 張、王樂府七言，張如「青天漫漫覆長路，遠遊無家安得
> 住？願君到處自題名，他日知君從此去」、「浮雲上天雨墮
> 地，暫時會合終離異。我今與子非一身，安得死生不相棄」、
> 「力盡不得休杵聲，杵聲未定人皆死。家家養男當門戶，
> 今日作君城下土」……等句，皆懇切痛快者也，宋、元、
> 國初多習為之，蓋以其短篇，語意緊密，中才者易于收拾
> 耳。〔註33〕

以上就〈送遠曲〉、〈各東西〉、〈築城詞〉等詩，摘句評賞皆有一定程
度的參考價值。

　　明人針對張籍樂府詩篇個別之評賞甚多，如高棅《唐詩品彙》、
周敬、周珽《唐詩選詠會通評林》、鍾惺、譚元春《唐詩歸》、陸時雍
《唐詩鏡》等論著，多從其詩藝、內容、風格、用意等方面提出批評。
如周敬、周珽《唐詩選詠會通評林》評〈各東西〉云：

> 周敬曰：張公七言古好作近人語，亦善作痛人語。
>
> 楊慎曰：「我今與子非一身」，直而憤。何仲默「與君非一
> 身，安得不離別？」本此。
>
> 吳山民曰：寫情真切，但在樂府中欠厚。
>
> 陸時雍曰：老氣。「日日」句，語最工。
>
> 唐汝詢曰：「日日空尋」句，想頭好。「浮雲上天」四語，
> 寬譬語，極狎昵，恐非別友之作，其〈蔓草〉之遺風歟？
>
> 周珽曰：此（按指〈車遙遙〉）與〈各東西〉篇，思可鏤塵，
> 鋒能截玉，本情切理，躊躇滿志，不復知奏刀之為難。〔註34〕

又有因肯定張籍之作，而有續作者，如〈節婦吟〉一詩，據瞿佑《歸

東教育出版社，1993年1月一版一刷，頁1919～1920。
〔註33〕同註25，頁1897～1898。
〔註34〕明・周敬、周珽《唐詩選詠會通評林》此評，轉引自陳伯海主編《唐
　　　　詩彙評・張籍》中冊，杭州，浙江教育出版社，1995年5月一版一
　　　　刷，頁1899。

田詩話》自稱嘗擬樂府百篇，其中便有〈續還珠吟〉之作。

四、關於張籍樂府詩的價值評估

至於張籍樂府詩之評價，在明人之評論資料中，幾乎眾口稱譽，詆毀之論約只有一例。高棅《唐詩品彙・七言古詩敘目》云：

> 大曆以還，古聲愈下，獨張籍、王建二家，體制相似，稍復古意。或舊曲新聲，或新題古義，詞旨通暢，悲歡窮泰，慨然有古歌謠之遺風，皆名爲樂府。雖未必盡被於絃歌，是亦詩人引古以諷之義歟？抑亦唐世流風之變而得其正也歟！……元和歌詩之盛，張王樂府尚矣。〔註35〕

胡震亨《唐音癸籤》，也有相同的批評。此一資料稱大曆以來，只有張、王二家之樂府，「稍復古意」，可知張籍在有明一代，擁有其一定的歷史地位。又如何良俊《四友齋叢說》云：「張籍長於樂府，如〈節婦吟〉等篇，眞擅長之作」。〔註36〕鍾惺、譚元春《唐詩歸》：「譚元春云：司業詩少陵所謂「冰雪淨聰明」足以當之。」〔註37〕以上所言也都屬肯定之論。再如周敬、周珽《唐詩選詠會通評林》云：

> 周珽曰：詩以清遠爲佳，不以苦刻爲貴，固矣。然情到眞處，事到實處，音不得不哀，調不得不苦者。說者謂文昌、仲初樂府，瘖啞逼側，每到悲惋，一如兒啼女哭，所爲眞際雖多，雅道盡喪，不知彼心口手眼各自有精靈不容磨減光景。如病其欠厚，非善讀二家者也。《詩鏡》云：「七古欲語語生情，自張、王始爲此體，盛唐人只寫得大意」，得矣。〔註38〕

對張詩所病者，在此段文字有更深入的辯稱。然則周敬、周珽雖肯定張籍在元和年間之地位，但仍稱其「局于幽細，篇法雷同」〔註39〕之

〔註35〕明・高棅《唐詩品彙・七言古詩敘目》，上海，上海古籍出版社，1988年7月二版一刷，頁269下。

〔註36〕明・何良俊《四友齋叢說》此評，轉引自陳伯海主編《唐詩彙評・張籍》中冊，杭州，浙江教育出版社，1995年5月一版一刷，頁1900。

〔註37〕同註20。

〔註38〕同註29，頁1896。

〔註39〕同註29。

詩作上的缺失。

　　明人毀張詩之論，要屬陸時雍《詩鏡總論》所言最具代表性，其云：

> 人情物態不可言者最多，必盡言之，則俚矣。知能言之為佳，而不知不言之為妙，此張籍王建所以病也。張籍小人之詩也，俚而佻。……詩不入雅，雖美何觀矣！
>
> 張籍王建詩有三病：言之盡也，意之醜也，韻之庫也。言窮則盡，意褻則醜，韻軟則庫。
>
> ……張王之韻庫以急。其好盡則同，……張王好盡意也。
>
> 盡言特煩，盡意則褻矣。〔註40〕

陸時雍論詩大體承竟陵之說，主性靈，重神韻，有較強烈的批評精神。竟陵論詩主雅，陸氏亦如是。由此我們便不難理解，以上陸氏所病張詩之處。陸氏之論，可說是對張詩徹底的否定。

丁、清、近代時期

一、前賢評張資料的檢討

　　清・賀裳對前賢評張籍樂府詩之論，是持以肯定的態度。《載酒園詩話》又編云：

> 「妙絕〈江南曲〉，淒涼〈怨女詞〉」姚秘書之評張司業也。此言甚當。〔註41〕

肯定姚合之論，並對高棅《唐詩品彙》所云亦予以認同，其云：

> 高棅《品彙》設立名目，取捨不能盡當，惟七言古以張、王並列，極為有識。文昌善為哀婉之音，有嬌絃玉指之致。
>
> 〔註42〕

又如清・沈德潛《唐詩別裁集》卷八云：

〔註40〕明・陸時雍《詩鏡總論》，收入丁福保輯《歷代詩話續編》下冊，臺北，木鐸出版社，1988 年 7 月初版，頁 1421～1422。
〔註41〕清・賀裳《載酒園詩話》卷一，收入郭紹虞編選、富壽蓀校點《清詩話續編》上冊，臺北，木鐸出版社，1983 年 12 月初版，頁 355。
〔註42〕同前註。

> 張、王樂府，有新聲而少古意，王漁洋所謂「不曾辛苦學
> 妃豨」也。然心思之巧，辭句之雋，最易啓人聰穎，高青
> 丘每肖之，存之以備一格。〔註43〕

就王士禎之言與高啓之肖張詩，論張籍樂府之詩藝。再如清・劉邦彥
《唐詩歸折衷》引吳敬夫云：

> 文昌樂府，伯仲仲初，而彌加蘊藉，諸體亦淡雅宜人。王
> 元美謂：張籍善言情，王建善徵事，而境皆不佳。「殷勤爲
> 看初著時，征夫身上宜不宜」、「梨園子弟偷曲譜，頭白人
> 間教歌舞」，情、事與境皆佳矣。〔註44〕

劉氏就明人王世貞之論，稱張、王也有「情、事與境皆佳」之詩例。
再如清・潘德輿《養一齋詩話》卷四云：

> 魏泰謂「張籍、白居易樂府，述情敘怨，委曲周詳，言盡
> 意盡，更無餘味」。嘻！何其大而無當也。文昌樂府，古質
> 深摯，其才下於李杜一等，此外更無人到。〔註45〕

此一資料譏刺宋人魏泰所論之大而無當，並肯定張籍之樂府詩，稱其
才僅次於李杜一等耳，無人能及。

二、張籍樂府詩的評賞

歷代詩評家亦有從張籍樂府詩作之內容或風格方面加以品評
者，其中被評賞最多者爲〈節婦吟〉一首，有以倫理、衛道之立場從
詩作內容評之者，例如清・賀貽孫《詩筏》云：

> 張文昌〈節婦吟〉云：……。此詩情辭婉戀，可泣可歌。
> 然既垂淚以還珠矣，而又恨不相逢於未嫁之時，柔情相牽，
> 展轉不絕，節婦之節危矣哉！……。忠臣節婦，鐵石心腸，

〔註43〕清・沈德潛編《唐詩別裁集》卷八，上海，上海古籍出版社，1992
年 7 月一版四刷，頁 272。

〔註44〕清・劉邦彥《唐詩歸折衷》此評，轉引自陳伯海主編《唐詩彙評・
張籍》中冊，杭州，浙江教育出版社，1995 年 5 月一版一刷，頁
1894。

〔註45〕清・潘德輿《養一齋詩話》卷四，收入郭紹虞編選、富壽蓀校點
《清詩話續編》下冊，臺北，木鐸出版社，1983 年 12 月初版，頁
2057。

用許多折轉不得，吾恐詩與題不稱也。〔註46〕

賀氏此言「節婦之節危矣」。又如清・葉矯然《龍性堂詩話・初集》亦云：

> 張文昌樂府擅場，然有不滿者。如〈節婦吟〉云：「君知妾有夫，……繫在紅羅襦。」又云：「還君明珠雙淚垂，何不相逢未嫁時。」此婦人口中如此，雖未嫁，嫁過畢矣。或云文昌卻鄆帥李師道之聘，有托云然。但勝理之詞，不可訓也。〔註47〕

再如清・沈德潛則據「感君纏綿意，繫在紅羅襦。」稱張籍句疵云：

> 贈珠者知有夫而故近之，更褻於羅敷之使君也，猶感其意之纏綿耶？雖云寓言贈人，何妨圓融其辭；然君子立言，故自有別。〔註48〕

沈氏又云：「文昌有〈節婦吟〉，時在他鎮幕府，鄆帥李師道以書幣聘之，因作此詞以卻。然玩辭意，恐失節婦之旨，故不錄。」〔註49〕可知沈氏之論，是狃於宋儒之見。但歷代詩評家也有對此詩意內容予以中肯評賞者，如清・陶元藻《鳧亭詩話》卷上云：

> 余往年選《唐詩楷》，深怪張文昌〈節婦吟〉措詞不善，謂以珠繫襦固非，還珠垂淚更謬，並譏其命題亦欠斟酌。後見他本作〈還珠吟〉，題則妥矣，而詩終有病。及見瞿存齋〈續還珠吟〉云：「妾身未嫁父母憐，妾身即嫁室家全。……還君明珠恨君意，閉門自咎涕漣漣。」末二句「恨君」字固佳，「自咎」字更妙，「涕漣漣」與「雙淚垂」，兩哭亦迥然不同。如此命詞措意，作〈還珠吟〉可也，作〈節婦吟〉

〔註46〕清・賀貽孫《詩筏》，收入郭紹虞編選、富壽蓀校點《清詩話續編》上冊，臺北，木鐸出版社，1983年12月初版，頁188。

〔註47〕清・葉矯然《龍性堂詩話・初集》，收入郭紹虞編選、富壽蓀校點《清詩話續編》中冊，臺北，木鐸出版社，1983年12月初版，頁953。

〔註48〕清・沈德潛撰、蘇文擢詮評《說詩晬語詮評》卷上，臺北，文史哲出版社，1985年10月再版，頁252。

〔註49〕同註38。

亦可也。先得我心，為之折服。〔註50〕

陶氏提及起初認為〈節婦吟〉之內容與命題欠當，及見明人瞿佑〈續還珠吟〉之後，才為之折服。又如清・沈濤《瓿廬詩話》卷上云：

> 張文昌〈節婦吟〉：「還君明珠雙淚垂，恨不相逢未嫁時。」正與達情知禮意合，而歸愚詆之，是必如瞿宗吉〈續還珠吟〉方為得體，尚成何語耶？〔註51〕

再如清・賀裳《載酒園詩話》卷一云：

> 須溪評詩極佳，然亦有過當處。如張司業〈節婦吟〉……。此詩一句一轉，語異而峻。深得〈行露〉「白茅」之意。劉須溪曰：「好自好，但亦不宜繫。」余謂此說不惟苛細，兼亦不諳事宜。……。通篇俱是比體，繫以明國士之感，辭以表從一之志，兩無所負。必如所云，則漢皋之駒亦不宜秣，〈摽梅〉之迨吉迨今，何急不能待也！詩人之言，可如是執乎！此種意見，與見饋牛酒而譖范睢者何異？〔註52〕

賀氏除了肯定〈節婦吟〉之作外，並對劉須溪非〈節婦吟〉之論提出一番駁斥。再如清・吳喬《圍爐詩話》卷一云：

> 又如張籍辭李司空辟詩，考亭嫌其「感君纏綿意，繫在紅羅襦」。若無此一折，即淺直無情，是為以理礙詩之妙者也。……
>
> 張籍辭李師道辟命詩，若無「感君纏綿意，繫在紅羅襦」二語，即徑直無情。朱子譏之，是講道理，非說詩也。〔註53〕

吳氏對「感君纏綿意，繫在紅羅襦」二語，予以認同，以為「說詩」與「講道理」之不可混淆。再如清・毛先舒《詩辯坻》卷第三云：

〔註50〕清・陶元藻《鳧亭詩話》卷上此評，轉引自陳伯海主編《唐詩論評類編・張籍》，濟南，山東教育出版社，1993年1月一版一刷，頁1233。

〔註51〕清・沈濤《瓿廬詩話》卷上，收入杜松柏編《清詩話訪佚初編》第三冊，臺北，新文豐出版公司，1987年6月。

〔註52〕同註36，頁258。

〔註53〕清・吳喬《圍爐詩話》卷一，收入郭紹虞編選、富壽蓀校點《清詩話續編》上冊，臺北，木鐸出版社，1983年12月初版，頁478、559。

> 張籍〈節婦吟〉亦淺亦雋；〈吳宮怨〉無中生有，得青蓮之
> 遺。餘作亦有工妙。大抵于結處正意悉出，慮人不知，露
> 出卑手。〔註54〕

則是從詩作風格品評者。除了〈節婦吟〉一詩外，賀裳與沈德潛等人
對張籍其他樂府詩作亦多有品評，如清·賀裳《載酒園詩話》評其〈白
紵歌〉、〈古釵嘆〉、〈羈行旅〉、〈猛虎行〉等詩云：

> 謝惠連〈擣衣詩〉曰：「腰帶准疇昔，不知今是非。」至張
> 籍〈白紵歌〉則曰：「裁縫長短不能定，自持刀尺向姑
> 前。」……雖語益加妍，意實原本於謝，正子瞻所云：「鹿
> 入公庖，饌之百方。究其所以美處，總無加于煮食時。」
> 然庖饌變換得宜，實亦可口。（卷一〈三偷〉）

> 張〈古釵嘆〉曰：……。張所寄託便在絃指之外，令人想
> 見淮陰典連敖，鳳雛治耒陽時也。

> 張〈羈旅行〉曰：「荒城無人霜滿路，野火燒橋不得度。……
> 行人起掃車上霜。」數語身肖旅途之景。

> 張〈猛虎行〉曰……。張詠猛虎，故摹寫怯懦以見負嵎之
> 威，……。張詩雖工，僅詞人之言……。（黃白山評：「張詩亦
> 似為權門勢要傾害朝士之喻，非徒詠猛虎而已。」）〔註55〕

《載酒園詩話》又編另從詩作內容評張籍之〈將軍行〉、〈關山月〉、〈永
嘉行〉、〈廢宅行〉等詩，稱其「傳寫入微」。〔註56〕清·沈德潛《說
詩晬語》卷上「樂府神理」則評〈白頭吟〉云：

> 樂府寧朴毋巧，寧疏毋鍊。張籍〈短歌行〉云：「菖蒲花開
> 月常滿。」傷於巧也。〔註57〕

沈氏此段文字，蓋用宋·陳師道《後山詩話》云：「寧拙毋巧，寧樸

〔註54〕清·毛先舒《詩辯坻》卷第三，收入郭紹虞編選、富壽蓀校點《清
　　　　詩話續編》上冊，臺北，木鐸出版社，1983 年 12 月初版，頁 49。
〔註55〕同註 36，頁 216、356。
〔註56〕同註 36，頁 357。
〔註57〕同註 43，頁 104。又張籍「菖蒲花開月常滿」句，見於《張籍詩集》
　　　　卷二〈白頭吟〉，而非〈短歌行〉。

毋華，寧粗毋弱，寧僻毋俗，詩文皆然。」〔註58〕之前二語以論樂府。
沈氏又評〈雜怨〉、〈送遠曲〉、〈征婦怨〉、〈傷歌行〉、〈短歌行〉、〈北
邙行〉等詩云：

> （評〈雜怨〉）責以高堂有老姑，怨之正也，與泛作閨房之
> 言有別。
> （評〈送遠曲〉）「願君到處自題名，他日知君從此去」，從
> 前送遠詩，此意未曾寫到。
> （評〈征婦怨〉）李華〈弔古戰場文〉篇中可云縮本。
> （評〈傷歌行〉）此爲楊憑貶臨賀尉而作。憑爲京兆尹，廣
> 續姬妾，築地逾制，爲人糾劾貶之。
> （評〈短歌行〉）祝辭正是可傷之處。
> （評〈北邙行〉）沉溺於葬者，讀此可以恍然。〔註59〕

清·余成教《石園詩話》卷二，則是就其詩作風格評〈離婦〉、〈行路
難〉、〈寄李司空〉（〈節婦吟〉）諸詩，稱其「清麗深婉，稱情而出」。
〔註60〕又如清·潘德輿《養一齋詩話》卷三評〈秋思〉一詩云：

> 文昌「洛陽城裡見秋風」一絕，七絕之絕境，盛唐諸鉅手
> 到此者亦罕，不獨樂府古澹，足與盛唐爭衡也。〔註61〕

此論給予張籍〈秋思〉一詩極高之評價，且言張詩古澹，足與盛唐相
抗衡。

三、關於張籍樂府詩之作風的品評

　　清、近代之詩評家對張籍之樂府詩也有從詩作風格方面加以品評
者，例如清·郎廷槐編《師友詩傳錄》云：

> 樂府之異於詩者，往往敘事。詩貴溫裕純雅；樂府貴道深
> 勁絕，又其不同也。……至唐人多與詩無別，惟張籍、王

〔註58〕宋·陳師道《後山詩話》，收入清·何文煥輯《歷代詩話》上冊，北
　　　　京，中華書局，1992 年 5 月一版三刷，頁 311。
〔註59〕同註38，卷四，頁 141；卷八，頁 272～274。
〔註60〕清·余成教《石園詩話》卷二，收入郭紹虞編選、富壽蓀校點《清
　　　　詩話續編》下冊，臺北，木鐸出版社，1983 年 12 月初版，頁 1765。
〔註61〕同註40，卷三，頁 204 八。

建猶能近古，而氣象雖別，亦可宗也。〔註62〕

郎氏言樂府至唐多與詩無別，並稱善張、王樂府之仍保有古風。又如清‧殷元勛、宋邦綏《才調集補注》卷三引清‧馮班語：「水部五言多名句。張君破題極用意，不似他人直下。」〔註63〕再如清‧胡壽芝《東目館詩見》卷一則稱張籍之樂府詩：「風味澄夐，亦多新警處，退之極重之」。〔註64〕清代的詩評家又有以張、王二家並稱，就其詩作風格而論之者，如清‧毛先舒《詩辯坻》卷第三云：

> 文昌樂府與仲初齊名，然王促薄而調急，張風流而情永，
> 張為勝矣。〔註65〕

此言張之「風流情永」勝於王之「促薄調急」。又如近人宋育仁《三唐詩品》卷三云：

> 其初與王仲初同源，當時並稱張王樂府。夫其發音蒼遠，
> 質勝于王，而轉變生姿，自復同瀾遞勢。〔註66〕

此稱張籍樂府詩「發音蒼遠，質勝于王」。又如清‧翁方綱《石洲詩話》卷二云：

> 張、王樂府，天然清削，不取聲音之大，亦不求格調之高，
> 此真善於紹古者。較之昌谷奇豔不及，而真切過之。〔註67〕

此稱張、王之樂府詩「天然清削」，「善於紹古」。清詩論中，也有對張、王之詩作風格提出負面批評者，如清‧吳喬《圍爐詩話》卷二即

〔註62〕清‧郎廷槐編《師友詩傳錄》，收入丁福保輯《清詩話》上冊，臺北，西南書局有限公司，1979 年 11 月初版，頁 112。

〔註63〕清‧殷元勛、宋邦綏《才調集補注》卷三此評，轉引自陳伯海主編《唐詩論評類編‧張籍》，濟南，山東教育出版社，1993 年 1 月一版一刷，頁 1232。

〔註64〕清‧胡壽芝《東目館詩見》卷一此評，轉引自陳伯海主編《唐詩論評類編‧張籍》，濟南，山東教育出版社，1993 年 1 月一版一刷，頁 1233。

〔註65〕同註 49。

〔註66〕近人宋育仁《三唐詩品》卷三此評，轉引自陳伯海主編《唐詩彙評‧張籍》中冊，杭州，浙江教育出版社，1995 年 5 月一版一刷，頁 1895。

〔註67〕清‧翁方綱《石洲詩話》卷二，臺北，木鐸出版社，1982 年 5 月初版，頁 64。

云：「張籍、王建七古甚妙，不免是殘山剩水，氣又苦咽。」〔註68〕

又有以白居易樂府同論之者，如清‧劉熙載《藝概》卷二〈詩概〉云：

> 白香山樂府，與張文昌、王仲初同爲自出新意。其不同者，
> 在此平曠而彼峭窄耳。〔註69〕

張籍與白居易雖然都作反映社會問題的詩，但他們在創作風格上並不相同。張籍以「峭窄」與白居易相異之處，在於詩人身處於時代的陰影之下，不同的身世感受。白居易之仕途順利，思想比較開展，所以作詩能夠直抒己見，作風平曠。然而，張籍之仕進情形卻不如白居易，在其創作樂府詩之時，生活是窮困的，心情是沈重的，所以反映在其詩作之風格上就是峭窄。

四、關於張籍樂府詩的價值評估

清代詩評家多將之與白居易、元稹、王建同論，例如清‧王士禎〈戲仿元遺山論詩絕句三十二首〉其九論唐代樂府詩云：「草堂樂府擅驚奇，杜老哀時托興微，元白張王皆古意，不曾辛苦道妃豨。」稱道唐代李白、杜甫、元稹、白居易、王建之樂府詩都寫得很好，具有古意，而不是機械地摹擬古樂府。其言頗爲簡括中肯。其中讚美元、白、張、王之樂府詩注意反映民生疾苦，具有漢樂府「感于哀樂，緣事而發」的古意。王氏此論，在其詩話中有較具體的闡述，可供參證。王氏門人何世琪《然鐙記聞》第十九條述王漁洋論樂府詩云：

> 唐人樂府，惟有太白〈蜀道難〉、〈烏夜啼〉，子美〈無家別〉、
> 〈垂老別〉以及元、白、張、王諸作，不襲前人樂府之貌，
> 而能得其神者，乃眞樂府也。〔註70〕

〔註68〕同註48，卷二，頁530。

〔註69〕清‧劉熙載《藝概》卷二〈詩概〉，臺北，華正書局有限公司，1988年9月版，頁65。

〔註70〕清‧王士禎口授、何世琪述《然鐙記聞》，收入丁福保輯《清詩話》上冊，臺北，西南書局有限公司，1979年11月初版，頁103。

此一資料可說是對上引〈戲仿元遺山論詩絕句三十二首〉其九之最佳解釋。此一論述稱道唐代李、杜、元、白、張、王諸家所作之樂府詩，能得到古樂府的神理，即〈戲仿元遺山論詩絕句三十二首〉其九所謂具有古意。此將張籍之樂府詩提升至與李、杜同高。又如清‧劉大勤編《師友詩傳續錄》則稱張籍樂府詩「自成一體」。〔註71〕再如清‧賀貽孫《詩筏》亦云：

> 張司業籍以樂府古風合爲一體，深秀古質，獨成一家，自是中唐七言古別調，但可惜邊幅稍狹耳。若元、白二公，才情有餘，邊幅甚賒，然時有拖沓之累。蓋司業所病者節短，而元、白所病者氣緩，截長補短，庶幾可與李、杜諸人方駕耳。〔註72〕

此與元、白同論，雖肯定張籍樂府詩自成一家，但尚嫌其有「邊幅稍狹」與「節短」之病。又清‧沈德潛《說詩晬語》卷上則稱：

> 惟張文昌王仲初樂府，專以口齒利便勝人，雅非貴品。〔註73〕

沈氏謂張、王樂府以口齒利便勝人，此說欠精審。張籍之〈野老歌〉、〈山頭鹿〉、〈董逃行〉、〈求仙行〉、〈征婦怨〉等詩，其婉而善諷，未爲以口齒勝人也。近人錢鍾書〈談藝錄〉亦云：「其（張籍）詩自以樂府爲冠，世擬之白樂天、王建，則似未當。文昌含蓄婉摯，長於感慨，興之意爲多；而白王輕快本色，寫實敘事，體則近乎賦也。」〔註74〕足以正沈氏之說。清‧宋犖《漫堂說詩》則將張、王樂府，提與杜甫樂府並論，稱其詩「皆有可採」。〔註75〕又清‧毛先舒《詩辯坻》卷第三，以張、王並稱，論王遠不如張：

〔註71〕清‧劉大勤編《師友詩傳續錄》，收入丁福保輯《清詩話》上冊，臺北，西南書局有限公司，1979 年 11 月初版，頁 129。

〔註72〕同註 41。

〔註73〕同註 43，頁 249。

〔註74〕近人錢鍾書撰〈論張文昌〉，《談藝錄》，臺北，明倫出版社，1970 年，頁 109。

〔註75〕清‧宋犖《漫堂說詩》，收入丁福保輯《清詩話》上冊，臺北，西南書局有限公司，1979 年 11 月初版，頁 373。

籍、建並稱，然建遠不如籍。籍〈楚妃〉、〈離宮〉有盛唐
之調，俱得樂府遺風。建〈宮詞〉直落晚葉，去孟蜀花蕊
夫人一間耳。〈夜看揚州市〉，何其里巷也！〔註76〕

又如清·李懷民《重訂中晚唐詩主客圖》云：

張、王固以樂府名，然唯後人只知其樂府耳。當時謂之元
和體，寧單指樂府哉？且水部自標律格，其近體固當與樂
府並重。〔註77〕

除了肯定張籍樂府之外，亦稱善其近體之作。

又有以詩作風格論之者，如清·王夫之《唐詩評選》卷一云：

文昌樂府，亦托胎歌謠，特以溫茂自見，故賢于退之、東
野以迫露蒼鑱削剝詩理。〔註78〕

此稱張詩以「溫茂」之詩風，賢於韓愈、孟郊之「迫露蒼鑱削剝詩理」。
再如清·陸鑒《問花樓詩話》卷一則稱張籍樂府詩：「綽有妙緒。」
〔註79〕然張籍之新樂府亦有可取者，如清·沈德潛《唐詩別裁集》卷
四云：「文昌長于新樂府，雖古意漸失，而婉麗可誦。五古亦不入卑
靡。」〔註80〕

張籍樂府詩之評價譽多於毀。毀之者，如近人丁儀《詩學淵源》
卷八即云：

時雖謂其長于樂府，今讀其詩，殊傷于直率，寡風人之旨，
調既生澀，語多強致，以言樂府，去題遠矣。〔註81〕

〔註76〕同註49，頁57。
〔註77〕清·李懷民《重訂中晚唐詩主客圖》此評，轉引自陳伯海主編《唐
詩論評類編·張籍》，濟南，山東教育出版社，1993年1月一版一刷，
頁1234。
〔註78〕清·王夫之《唐詩評選》卷一此評，轉引自陳伯海主編《唐詩論評
類編·張籍》，濟南，山東教育出版社，1993年1月一版一刷，頁
1232。
〔註79〕清·陸鑒《問花樓詩話》卷一，收入郭紹虞編選、富壽蓀校點《清
詩話續編》下冊，臺北，木鐸出版社，1983年12月初版，頁2294。
〔註80〕同註38，卷四，頁141。
〔註81〕近人丁儀《詩學淵源》卷八此評，轉引自陳伯海主編《唐詩彙評·
張籍》中冊，杭州，浙江教育出版社，1995年5月一版一刷，頁1895。

丁氏如此的批評十分地嚴苛，將之貶至一無是處之地步，完全推翻了
前賢對將張籍樂府詩之價值的肯定。

　　綜上所知，歷代之詩評家對於張籍的樂府詩之評價，呈現譽多之
情況，而毀之者甚少。雖然譽之者難免有溢美之詞，毀之者也難免有
偏頗之處。張籍的樂府詩，其語言平實簡樸是公認之特點，然而，歷
代詩評家往往僅看到張籍樂府詩的這個語言特點而忽略其深邃精思之
意旨，以致在「溫柔敦厚」、「含而不露」的傳統美學思想的束縛之下，
持論偏頗，貶抑了其樂府詩的成就。如宋・劉攽《中山詩話》稱其：「質
多文少」，〔註82〕又如宋・曾季貍《艇齋詩話》稱：「張籍詩簡古易讀」，
〔註83〕而宋・張戒《歲寒堂詩話》則由其語言之淺近，進而對其內容
的否定，認爲「其詞淺近，其氣卑弱」。〔註84〕相較之下，明・胡震亨
之觀點是比較公允的，也可以說眞正抓住了張籍樂府詩的創作特色。
《唐音癸籤》卷七引陳繹曾語：「張籍祖〈國風〉，宗漢樂府，思難辭
易」。〔註85〕更可貴的是胡氏對於「思難辭易」之特色，從創作思想上
予以闡釋，指出張籍詩「略去葩藻」，是爲了「求取情實」。「略去葩藻，
求取情實」，〔註86〕此八字可以說深得張籍樂府詩之三昧。總而言之，
若中肯而論，張籍的樂府詩哀時托興，思深語精，清麗深婉，專以道
得人心中事爲工，可說是能涵括其詩風之特色。

第二節　並世與後世之影響

　　張籍的樂府詩在唐代即爲白居易、姚合等人所推崇。其上接杜甫
社會寫實詩風，下開元白諷諭詩派，影響元稹、白居易、王建、朱慶餘
等無數詩人。張籍與白居易的交往，主要是由於寫詩的關係。白居易始

〔註82〕同註3。
〔註83〕同註11，頁324。
〔註84〕同註15，頁450。
〔註85〕同註24。
〔註86〕同註24，卷十，頁98。

終推崇與欣賞張籍的詩歌，而張籍樂府詩的寫作比白居易新樂府的寫作時代稍早，可見張籍樂府詩的社會寫實精神，對白居易是具有一定的影響的。此從白居易〈讀張籍古樂府〉一詩中，對張籍樂府詩的推崇即可知。其後，白居易在〈張十八員外以新詩二十五首見寄郡樓月下吟玩通夕因題卷後封寄微之〉一詩中，也是同樣欣賞著張籍的詩作：

> 秦城南省清秋夜，江郡東樓明月時。去我三千六百里，得君二十五篇詩。陽春曲調高難和，淡水交情老始知。坐到天明吟未足，重封轉寄與微之。（《白居易集箋校》卷第二十三）

由此更可證明張籍對白居易是有一定影響的。

在張籍的影響之下，王建也從事樂府的創作。元・吳師道《吳禮部詩話》引時天彝《唐百家詩選評》云：「王建自云：紹張文昌」〔註87〕他在〈送張籍歸江東〉詩中，說得很清楚：「君詩發大雅，正氣迴我腸。……昔歲同講道，青襟在師旁，出處兩相因，如彼衣與裳。」（《全唐詩》卷二百九十七）讀此可見張、王二人在求學階段，對於做詩的志同道合，切磋琢磨之情狀。

當時的詩人學習張籍的樂府詩，已蔚爲風氣。唐・李肇《唐國史補》卷下云：「元和已後，……歌行則學流蕩于張籍。」〔註88〕唐・趙璘《因話錄》卷第三亦云：「張司業善歌行，李賀能爲新樂府。當時言歌篇者，宗此二人。」〔註89〕張籍在當時詩名頗盛，對後進青年，每能熱情獎掖，眞誠汲引。其中以詩受知於張籍者共有三人：

一、朱慶餘

朱慶餘在應舉前，曾爲行卷寫了一首〈近試上張籍水部〉（一作〈閨意獻張水部〉）的七絕獻於張籍，其詩云：

〔註87〕元・吳師道《吳禮部詩話》，收入丁福保輯《歷代詩話續編》中冊，臺北，木鐸出版社，1988年7月初版，頁612。

〔註88〕唐・李肇撰《唐國史補》卷下，臺北，世界書局，1991年6月四版，頁57。

〔註89〕唐・趙璘《因話錄》卷第三，〈商部下〉，收入王汝濤編校《全唐小說》第三卷，濟南，山東文藝出版社，1993年3月一版一刷，頁1955。

> 洞房昨夜停紅燭，待曉堂前拜舅姑。妝罷低聲問夫婿，畫
> 眉深淺入時無？（《全唐詩》卷五百十五）

唐代溫卷之風盛行，其科舉考試之錄取並不完全憑考試成績。應試舉子除了有好的門第，還需要有得力人物的推薦，如此，錄取的可能性就大了。朱氏在應試前，擔心自己的作品不符合主考官的口味而有此詩之作。朱氏為了說得隱而不露，采用了以此喻彼的手法，寫得含蓄婉轉。通篇以巧妙新奇而又貼切得體的設喻，生動形象地將應試前既自負又擔心的複雜心情表現得維妙維肖。張籍讀了這首詩大為讚賞，並以同樣的表達方式酬和了一首七絕，給予高度的評價，詩云：

> 越女新妝出鏡心，自知明豔更沈吟。齊紈未是人間貴，一
> 曲菱歌敵萬金。（〈酬朱慶餘〉，《張籍詩集》卷六）

暗示他不必為這次考試擔心，後來朱氏的詩名得到廣泛傳播，果然在唐敬宗寶曆二年考中進士，宋·計有功在《唐詩紀事》中也有記載此一事蹟：

> 慶餘遇水部郎中張籍知音，索慶餘新舊篇什，留二十六章，
> 置之懷袖而推贊之。時人以籍重名，皆繕錄諷詠，遂登
> 科。……由是朱之詩名流于海內矣。〔註90〕

朱氏的獻詩寫得好，張氏的答詩亦答得妙，珠聯璧合，千百年來一直被傳為詩壇的佳話。朱慶餘不僅賴張籍的推薦，而且在寫作上也頗受張籍的影響。元·辛文房《唐才子傳》卷第六稱朱慶餘：「得張水部詩旨，氣平意絕，社中哲匠也。」〔註91〕

二、項　斯

　　在寶曆、開成之際，項斯也深為張籍所賞識，南唐·張洎在〈項斯詩集序〉中即云：

〔註90〕宋·計有功撰、王仲鏞校箋《唐詩紀事校箋》卷四十六，成都，巴蜀書社，1992 年 3 月一版二刷，頁 1256～1257。

〔註91〕元·辛文房撰、傅璇琮主編《唐才子傳校箋》卷第六，北京，中華書局，1990 年 5 月一版一刷，頁 190。

寶歷、開成之際，君聲價極甚，時特為水部之所知賞，故
其詩格，頗與水部相類，詞清妙而句美麗奇絕，蓋得于意
表，迫非常情所及。故鄭少師薰云：「項斯逢水部，誰道不
關情？」〔註92〕

可見項斯詩作格調，也有張籍影響之痕跡。項斯有〈留別張水部籍〉
詩，張籍亦有〈贈項斯〉詩，其詩云：

端坐吟詩妄忍飢，萬人中覓似君稀。門連野水風長到，驢
放秋原夜不歸。日煖剩收桑落葉，天寒更著舊生衣。曲江
庭上頻頻見，為愛鸝鷟雨裏飛。（《張籍詩集》卷八）

三、董居中

據韓愈〈唐故朝散大夫商州刺史除名徙封州董府君墓志銘〉知董
居中為董晉之孫，董溪之子，其姊婿為吳郡陸暢。董居中「好學，善
為詩，張籍稱之」。

由以上可知，當時詩人以受知於張籍為榮。除了以上所言數人之
外，受到張籍提拔雨化的門人尚有任蕃、陳標、章孝標、滕倪、司空
圖等人。以上五人學習張籍詩歌的風格，所以南唐・張泊在〈項斯詩
集序〉中即稱述他們為張籍之及門弟子：

吳中張水部為律格詩，尤工於匠物，字清意遠，不涉舊體，
天下莫能窺其奧。唯朱慶餘一人親授其旨。沿流而下，則有
任蕃、陳標、章孝標、滕倪、司空圖等，咸及門焉。〔註93〕

至於韓愈之子韓昶，雖然曾經從張籍學詩，但並不以詩名。清・余成
教在《石園詩話》中亦引南唐・張泊此說。清・李懷民《重訂中晚唐
詩主客圖》云：

水部五言，體清韻遠，意古神閑，與樂府詞相為表裏，得
風騷之遺。當時以律格標異，信非偶然。得其傳者，朱慶

〔註92〕南唐・張泊〈項斯詩集序〉，收入清・陸心源《唐文拾遺》卷四七，
上海，上海古籍出版社，1993年11月一版二刷之《全唐文》第五冊，
頁238。

〔註93〕同前註。

餘而外，又有項斯、司空圖、任翻、陳標、章孝標、滕倪
諸賢。今考滕倪、陳標詩已無存，任翻、司空圖、章孝標
亦寥寥數頁，唯朱慶餘、項斯兩君，賴後人搜輯，規格略
具。愚按水部既沒，聞風而起者尚不乏人，後世拘于時代，
別爲晚唐。要其一脈相沿之緒，故自不爽。茲得奉水部爲
「清眞雅正主」，而以諸賢附焉。合十六人，得詩四百四十
一首。〔註94〕

此段文字，詳細地言及中晚唐詩人受張籍影響的情形，並推張籍爲「清
眞雅正主」。列朱慶餘「上入室」，王建、于鵠「入室」，項斯、許渾、
司空圖、姚合「升堂」，趙嘏等爲「及門」。又明・楊愼《升庵詩話》
卷四稱晚唐之詩分爲二派，其中一派即學張籍，可見張籍在晚唐詩壇
之重要地位：

晚唐之詩分爲二派：一派學張籍，則朱慶餘、陳標、任蕃、
章孝標、司空圖、項斯其人也；一派學賈島，則李洞、姚
合、方干、喻鳧、周賀、九僧其人也。其間雖多，不越此
二派。學乎其中，日趨於下。〔註95〕

清・林昌彞《射鷹樓詩話》稱學張籍一派「可以除燥忘矯飾」：

李石洞曰：余讀貞元以後近體詩，稱量其體格，得兩派焉。
一派張水部，天然明麗，不事雕鏤而氣味近道，學之可以
除躁忘矯飾。一派賈長江，力求險奧，不吝心思而氣骨凌
霄，學之可以屛浮靡，卻凡俗。〔註96〕

然而，張籍影響之深遠更及五代，明・許學夷《詩源辯體》即云：

大曆而後，五七言律體制，聲調多相類；元和間，賈島、
張籍、王建始變常調。張、王五言清新峭拔。……張如「椰

<hr />

〔註94〕清・李懷民《重訂中晚唐詩主客圖》，轉引自陳伯海主編《唐詩論評
　　　　類編・張籍》，濟南，山東教育出版社，1993 年 1 月一版一刷，頁
　　　　1234。

〔註95〕明・楊愼撰、王仲鏞箋證《升庵詩話箋證》卷四，上海，上海古籍
　　　　出版社，1987 年 12 月一版一刷，頁 122～123。

〔註96〕清・林昌彞《射鷹樓詩話》卷十六，上海，上海古籍出版社，1988
　　　　年 12 月一版一刷，頁 369。

聲瘴雲濕，桂叢蠻鳥聲」……等句，皆清新峭拔，另外一種，五代諸公乃多出此矣。〔註97〕

　　張籍詩中的愛國思想，也爲陸游等詩人的前驅。此在我們讀了張籍〈涼州詞〉（其二）〔註98〕之後，便很容易聯想起陸游的〈秋夜將曉出籬門迎涼有感〉一詩云：「三萬里河東入海，五千仞岳上摩天。遺民淚盡胡塵裏，南望王師又一年。」與張籍同樣感歎無將帥收復失地。

〔註97〕明・許學夷《詩源辯體》，轉引自陳伯海主編《唐詩彙評・張籍》中冊，杭州，浙江教育出版社，1995 年 5 月一版一刷，頁 1893。

〔註98〕張籍〈涼州詞〉（其二）詩云：「鳳林關裏水東流，白草黃榆六十秋。邊將皆承主恩澤，無人解道取涼州。」（《張籍詩集》卷六）

第八章　結　論

　　張籍一生未任高官顯位，始終過著貧病的生活。由於有關他的文獻，在史籍上記載得很簡略，使得其生卒、里籍眾說紛紜，至今迄無定論。在本論文的第二章，就所得的資料，考證出一個較合理的說法，以訂其生卒、里籍。又其家世亦難考，其家屬今只知有妻胡氏、子黯與弟蕭遠三人，又其可考者有限。他在貞元九年，結束艱苦的求學生活之後，便西赴長安尋求仕進，卻未能如願。其終生仕途不甚如意，且所任之官職都只是「冷官」、「閑曹」，其中太祝一職就做了十年。爾後曾歷官六次，亦皆屈居下僚。雖然他在仕途上不順遂，但在當時文壇上，卻頗有盛名。其詩深受時輩的推服，時之文人皆與之遊，其中以韓愈、白居易、王建與之交往最頻繁，關係也最密切。

　　張籍身處安史之亂後殘破的政治社會環境之下，其直筆控訴政治社會之晦暗，揭諸人民百姓之苦難，承杜甫「詩史」之後，以繼元、白「社會寫實」之局。其在政治上雖不能突破困局，總算在文學上對歷史有了交待。更尤其以「亡於異族」，來激越民族共同之情感，並揉雜民間疾苦，表現文學不只是風花雪月而已，還具有推己及人的人道關懷。如此的社會素材，讓詩人之創作更深刻，讓後人更歆噓！在其樂府詩中，大部分的內容都是反映現實生活的寫實的作品，除此之外，張籍還擅寫風物，以清麗淺切，流蕩可歌的風格，描寫自然風物，

以及寫旅人之思的別離與思鄉情懷之吟詠一類的作品。他在樂府詩題的運用上，以古題與新題並用，其中的古題樂府多非「沿襲古題，唱和重複」，而是「寓意古題，刺美見事」，表現現實生活；其新題樂府，更廣泛而眞實地反映了各方面的社會生活。

張籍在詩歌創作上，沒有提出明確的創作理論，但是從他的爲人及詩作中，我們可以知道他的文學主張，是符合白居易「文章合爲時而著，歌詩合爲事而作」；「爲君、爲臣、爲民、爲物、爲事而作」的創作主張，認爲詩歌是社會結構和人民生活的表現，以揭發社會黑暗，諷諭腐敗政治，反映民生疾苦爲要務。其思想以儒家爲宗，以經世濟民之志自命，亟思「窮則獨善其身，達則兼善天下」，意欲「學而優則仕」，以實現經世濟民的抱負，然而卻窮困終生，不被賞識，使得他在思想上始終交織著「兼善」與「獨善」的矛盾，所以於其詩中，反映出一展抱負與充滿信心的樂觀向上精神，也流露出不受重用，懷才不遇的思想。

張籍樂府詩之精神在繼承詩經的六義，上接建安風骨的寫實諷諭詩，到初唐陳子昂的『漢魏風骨』，杜甫的『即事名篇』社會性寫實詩。其在藝術創作上，則緊承漢樂府「感於哀樂，緣事而發」的傳統，語言以樸實美取勝，簡練爽利，少議論說教。其文辭的創作，則多承襲《詩經》與《楚辭》以及漢魏以來的詩賦。可以說《詩經》的精神與漢代樂府民歌以來的社會寫實傳統，在張籍樂府詩中得到充分的繼承。

張籍樂府詩歌的風格質樸自然，不事靡麗，其語言特色，就在於它的樸素美。其詩歌語言的天然素樸，表現在「通俗性」與「典型性」的兩大特色上。張籍廣泛且細緻入微地觀察、體驗生活，在其樂府詩中多喜用口語入詩，充分運用活的語言，自然就給人一種親近貼切的感受，具有通俗的特色，此可從其所運用的詞匯和語法兩方面得知。其樂府詩的語言做到了「淺而能深，近而能遠」，因此，還具有典型性的特色。張籍的樂府詩，能從豐富的口語詞匯中，創作出富於概括性與表達力的典型化語言，以表現典型環境、典型細節及典型性格，

構成典型化的形象，給人以深刻的印象。唯其通俗，才有質實、清新之美；唯其典型，才能做到凝鍊精悍、意蘊無窮的天然之美。

　　張籍樂府詩的創作技巧，本論文從三方面探討。一、從表現技巧上，以鋪敘、白描、對比、譬喻、比擬、借代、暗示、襯托、用典、變換、反復等之修辭技巧探析；二、從敘述手法上，從篇章結構與人稱兩方面探討，；三、從遣詞用字上，以疊字入詩與喜用頂眞兩方面論述。無論是表現形式之美或對意境的加強，都有助於提高張籍樂府詩藝術上的成就。其中以白描手法與疊字入詩，爲最常見。張籍在其樂府詩作中，善於運用白描，利用最簡鍊的筆墨，不加烘托，勾勒出鮮明生動的形象，收到言簡意賅、鮮明生動的藝術效果。又其喜用疊字入詩，增強了詩的音律美和修辭美，以摹擬物形或物聲，使自然景物之描寫更生動，形象更鮮明，讓詩歌達到情景交融的境界，使詩歌中思想感情的表達更爲深切。

　　關於張籍樂府詩歌之評價，本論文分爲唐、五代、宋、元、明、清、近代，各時期分別論述。總的來說，在唐、五代時期，張籍的樂府詩深受肯定，獲得頗高的評價。自宋至近代，歷代詩論家對於張籍樂府詩歌創作的評論比起唐、五代時期，相對的增多，其評價呈現譽多之情況，而毀之者甚少。雖然譽之者難免有溢美之詞，毀之者也難免有偏頗之處。若中肯論之，張籍的樂府詩哀時托興，思深語精，清麗深婉，專以道得人心中事爲工。他的樂府詩在唐代即爲白居易、姚合等人所推崇。其上接杜甫社會寫實詩風，下開元白諷諭詩派，影響元稹、白居易、王建、朱慶餘等無數詩人。張籍在當時詩名頗盛，對後進青年，都能熱情獎掖，眞誠汲引。其中以詩受知於張籍者共有朱慶餘、項斯、董居中三人，除此之外，受到張籍提拔雨化的門人尙有任蕃、陳標、章孝標、滕倪、司空圖等人，學習張籍詩歌的風格。他不論在當世或後世，都受到認同，故他在文學史上的地位是絕對值得後人肯定的。

附　錄

壹、唐張文昌先生籍年表

　　本年表以羅聯添〈張籍年譜〉爲本，另參照卞孝萱〈張籍簡譜〉、潘竟翰〈張籍繫年考證〉、紀作亮〈張籍年譜〉與寫作過程中所參考之論著，綜合爲之。

時代			張籍之生平與作品			相關人事
帝名	年號	西元	年齡	該年所作詩文	該年之事蹟	
代宗	大曆元年	766	一		張籍約生於此年。	李白已卒四年。杜甫五五歲，在夔州。孟郊十六歲。王建生。
代宗	大曆二年	767	二			
代宗	大曆三年	768	三			韓愈生。
代宗	大曆四年	769	四			
代宗	大曆五年	770	五			杜甫卒，年五九。

代宗	大曆六年	771	六			
代宗	大曆七年	772	七			白居易生。劉禹錫生。李紳生。十月，朱泚為盧龍節度使。
代宗	大曆八年	773	八			柳宗元生。九月，循州刺史哥舒晃叛，殺嶺南節度使呂崇賁。
代宗	大曆九年	774	九			
代宗	大曆十年	775	十			
代宗	大曆十一年	776	十一			五月，汴州兵亂，汴將李靈耀叛反。
代宗	大曆十二年	777	十二			八月，顏眞卿任刑部尙書。九月，吐蕃入侵坊州。
代宗	大曆十三年	778	十三			正月，回紇入侵太原。四月，吐蕃入侵靈州。
代宗	大曆十四年	779	十四		大曆年中，在和州烏江見于嵩問張巡、許遠事。	元稹生。賈島生。三月，汴將李希烈驅逐節度使李忠臣，自封留後職。五月，唐代宗卒，太子李适即位，是爲德宗。
德宗	建中元年	780	十五			廢「租庸調」法，改爲「兩稅法」。六月，築奉天城。
德宗	建中二年	781	十六	廢宅行。	據韓愈〈病中贈張十八〉詩，可知張籍在少年之時已寫了不少詩篇。	楊炎罷相，貶崖州司馬後遭害。

德宗	建中三年	782	十七			白居易十一歲，避難越中。孟郊三二歲，旅居河南。
德宗	建中四年	783	十八			
德宗	興元元年	784	十九		識王建。在建中、興元間嘗客居洛陽。與王建往鵲山漳水一帶求學，約歷十年之久。	
德宗	貞元元年	785	二〇		仍在鵲山漳水一帶求學。識于鵲。	韓愈十八歲，避難宣城。孟郊三五歲，如江西上饒。
德宗	貞元二年	786	二一		仍在鵲山漳水一帶求學。	韓愈至長安。
德宗	貞元三年	787	二二		仍在鵲山漳水一帶求學。	白居易十六歲，至長安謁顧況。
德宗	貞元四年	788	二三		仍在鵲山漳水一帶求學。	
德宗	貞元五年	789	二四		仍在鵲山漳水一帶求學。	
德宗	貞元六年	790	二五		仍在鵲山漳水一帶求學。	孟郊四十歲，居蘇州。李賀生。
德宗	貞元七年	791	二六		仍在鵲山漳水一帶求學。	白居易二十歲，在徐州符離。孟郊至湖州取解後，往長安應進士試。
德宗	貞元八年	792	二七		仍在鵲山漳水一帶求學。	韓愈二五歲，登進士第。孟郊應進士試不第歸蘇州，秋，復至長安。
德宗	貞元九年	793	二八		仍在鵲山漳水一帶求學。學成別王建，開始北方的遊歷生涯。	柳宗元、劉禹錫第進士，元稹明經及第。

德宗	貞元十年	794	二九		仍在北方遊歷。	
德宗	貞元十一年	795	三〇	南歸。	約於本年春南歸，五月，王建作〈送張籍歸江東〉詩送之。南歸後，先到揚州，再至江浙一帶，之後南行至嶺南等地。	
德宗	貞元十二年	796	三一	贈孟郊。	在嶺南一帶遊歷，約於秋季回和州家居（此年之前移居和州）。孟郊登進士第，自長安東歸，在和州晤張籍，同遊於桃花塢。秋，孟郊離和州，籍有詩贈之。	七月，韓愈從董晉之辟，爲汴州觀察推官。八月，汝州刺史陸長源爲汴州行軍司馬。李翱自徐幕至汴州，從韓愈學文。
德宗	貞元十三年	797	三二		孟郊自南方至汴州依陸長源，晤韓愈，推薦張籍。十月一日北至汴州從韓愈學文，與李翱同爲韓門弟子，館于城西。李翱薦孟郊於徐州張建封，言及張籍，在本年或稍後。	
德宗	貞元十四年	798	三三	徐（徐蓋汴之誤）州試反舌無聲詩。別段生。上韓昌黎書。上韓昌黎第二書。董公詩。	在城西館讀書，十一月，在汴州舉進士，韓愈爲考官，試反舌無聲詩，籍中等。離汴入京時，有詩贈別段生。有書遺韓愈。冬，孟郊作計南歸，籍嘗至汴州與之話別，孟郊作〈與韓愈李翱張籍話別〉、〈汴州別韓愈詩〉。〈董公詩〉作於汴州，至遲不出本年。	韓愈有〈答張籍書〉、〈重答張籍書〉與〈病中贈張十八〉詩。李翱第進士。

德宗	貞元十五年	799	三四	省試行不由徑。沈千運舊居。雪谿西亭晚望。舟行寄李湖州。宿天竺寺寄盧隱寺僧。贈道士。	本年初入長安應京試，春二月，登進士第（試題爲〈省試行不由徑〉詩），出高郢門下。登第後自長安返回和州，途中至臨汝時賦〈沈千運舊居〉詩，後往徐州謁韓愈，留居一月辭去，愈有詩贈之。約於此時識張建封。去徐後，嘗遊江南湖、杭等地，有〈雪谿西亭晚望〉等詩之作。	春，孟郊離汴州至蘇州。二月，董晉卒，汴州軍亂，韓愈從喪出奔至徐州，依徐州張建封幕府爲節度推官，有〈此日足可惜贈張籍〉詩。夏，大旱，京畿飢饉。
德宗	貞元十六年	800	三五		在和州居喪。	三月，韓愈〈與孟東野書〉，望孟郊前往和州晤張籍。四月，李翶娶韓愈亡兄韓弇之女。五月，徐州節度使張建封卒，亂軍立建封子愔爲留後。多，韓愈往京師。白居易二九歲，登進士第。
德宗	貞元十七年	801	三六		家居候官。	韓愈三四歲，本年秋或冬初，首調授國子四門博士。孟郊五一歲，爲溧陽尉，旋因不治官事，以假尉代之，分其半俸。
德宗	貞元十八年	802	三七	寄韓愈。	始居戎幕草章記，有〈寄韓愈〉詩，當在本年或稍後。本年除喪。	
德宗	貞元十九年	803	三八		仍居戎幕中。	韓愈遷監察御史，十二月貶陽山令。杜牧生。

德宗	貞元二〇年	804	三九		仍居戎幕中。	春，韓愈抵陽山。孟郊辭溧陽尉，奉母歸湖州。
德宗順宗	貞元二一年永貞元年	805	四〇	節婦吟。	仍居戎幕中。作〈節婦吟〉詩寄鄆州李師古，疑在本年。張籍與劉禹錫約於本年相識，時劉氏為屯田員外郎。	王叔文結黨用事。憲宗即位後，叔文黨皆貶逐。
憲宗	元和元年	806	四一	會合聯句。送區弘（僅存八句）。	登進士第後，未應吏部科試，或因戎府主公之論薦，本年在京師釋褐入官，調為太常寺太祝。在長安與韓愈、孟郊、張徹同賦〈會合聯句〉詩。又與韓愈、孟郊等人會飲，賦詩於張署宅，韓愈〈醉贈張秘書〉載此事。多，識韓愈之子韓昶，昶時年八歲，獲韓愈贈詩。識白居易、元稹。	孟郊自常州至長安。六月，韓愈自江陵法曹參軍召授國子博士。韓愈〈醉贈張秘書〉詩有：「張籍學古淡，軒鶴避雞群」，又有〈喜侯喜至贈張籍張徹〉、〈送區弘南歸〉詩。十一月，孟郊從河南尹鄭餘慶之辟，為水陸轉運判官。
憲宗	元和二年	807	四二		仍為太常寺太祝。四月 13 日夜，在韓愈家中閱舊書，談幼時見于嵩，得知張巡、許遠事。	夏秋之交，韓愈為國子博士分司東都。
憲宗	元和三年	808	四三	寄白學士。	在長安為太祝。病眼，有詩寄白居易，白氏有〈答張籍因以代書〉（作於元和四年）酬之。	
憲宗	元和四年	809	四四	傷歌行。病中寄白學士拾遺。夜懷。雨	居延康里，在長安朱雀門街西第三街，仍為太祝。七月，作〈傷	本年五月以後，胡珀為大理少卿，六、七月

				中寄元宗簡。送元宗簡。	歌行〉諷諭楊憑事。病中作詩寄白居易，白氏有〈酬張太祝晚秋臥病見寄〉（作於元和五年），與新樂府詩五十首（作於本年）酬之。元和三、四年冬，有〈送元宗簡〉詩。亦有詩寄王建，王建作〈酬張十八病中寄詩〉贈之。	受命推鞫楊憑贓罪及其他不法事。七月十一日，楊憑貶臨賀尉。六月，韓愈改都官員外郎守東都。李翱元和初爲國子博士分司東都，本年正月赴廣州。
憲宗	元和五年	810	四五		仍爲太祝。授韓昶詩，昶時年十二歲。冬，賈島至長安，雪中懷詩謁張籍。	賈島有〈攜新文詣張籍韓愈途中成〉詩。
憲宗	元和六年	811	四六	送陸暢。	浙東觀察判官李翱自越州至京師，晤張籍、韓愈。籍在長安爲太常寺太祝，病目窮困，韓愈代作書與浙東觀察使李遜，冀其擢用。冬，陸暢歸江南，有詩贈行。	夏，韓愈入京爲尙書職方員外郎。韓愈作〈送陸暢歸江南〉詩、〈代張籍與李浙東書〉。八月，李翱自京師歸浙東。
憲宗	元和七年	812	四七	送金少卿副使歸新羅。酬秘書王丞見寄。喜王六同宿。逢故人。	居長安西明寺後延康里，仍爲太常太祝。與王建重逢。春，獲賈島自范陽來詩〈投張太祝〉。秋，賈島至長安，寓居延壽里與張籍爲鄰，賈島有〈延康吟〉一首。七月，有送金少卿詩。	春，韓愈復爲國子博士。李商隱生。
憲宗	元和八年	813	四八	逢王建有贈。	在長安爲太祝。	韓愈改授尙書比部郎中史館修撰。弟蕭遠登進士第。

憲宗	元和九年	814	四九	題楊祕書新居。	至本年止，仍在長安爲太祝，可知始終未爲李遜所用。目疾轉劇，休假賦閑。冬，頻訪白居易，有詩酬贈，白居易有〈酬張十八訪宿見贈〉詩。	八月，孟郊卒。十月，葬於洛陽東。張籍建言諡曰：「貞曜先生」，韓愈從其議，爲之作〈貞曜先生墓誌銘〉。白居易爲太子左贊善大夫。浙東觀察使李遜入爲給事中。十月，韓愈爲考功郎中兼史館修撰知制誥。
憲宗	元和十年	815	五〇	贈王建。	爲太常寺太祝十年不遷，白居易有〈讀張籍古樂府〉、〈重到城七絕句·張十八〉詩贈之；秋，又有〈寄張十八〉詩來贈。王建來長安，有詩贈之。	六月，河北王承宗遣盜殺宰相武元衡，傷御史中丞裴度。
憲宗	元和十一年	816	五一	患眼。閑遊。酬韓庶子。	改爲國子監廣文館助教，當在本年或稍前。仍居延康里。眼疾初癒，隨韓愈遊城南。六月，命進士賀拔恕鈔科斗文《孝經》及漢衛宏《官書》，以遺韓愈。秋至冬，與韓愈有詩酬贈。	五月癸未（十八日），韓愈自中書舍人降爲右庶子，有〈游城南十六首·贈張十八助教〉、〈題張十八所居〉、〈調張籍〉、〈奉酬盧給事雲夫四兄曲江荷花行見寄並呈上錢七兄閣老張十八助教〉、〈晚寄張十八助教周郎博士〉等詩贈張籍。姚合登進士第。李賀卒，年二七。九月，韋處厚出爲開州刺史。

憲宗	元和十二年	817	五二	和韋開州盛山十二首（宿雲亭、梅溪、茶嶺、流杯渠、盤石磴、桃塢、竹巖、琵琶臺、胡蘆沼、隱月岫、繡衣石榻、上士泉餅）。答開州韋使君寄車前子。董逃行。	在長安爲國子監廣文館助教。和開州刺史韋處厚〈盛山十二詩〉，在本年或稍後。韋處厚寄車前子來，籍有詩答謝，亦在本年或稍後。〈董逃行〉疑作於本年前後。	七月，宰相裴度親往淮西討吳元濟，右庶子韓愈爲其行軍司馬。十一月，吳元濟伏誅。十二月，裴度入相，愈爲刑部侍郎。
憲宗	元和十三年	818	五三	送李僕射赴鎭鳳翔。	仕長安爲國子監廣文館助教。五月，李愬赴鎭鳳翔，有詩送之。妻父胡珀卒，年七十九歲，籍爲撰行狀。	初春，王建有〈留別張廣文〉詩與張籍。韓愈爲刑部侍郎，正月奉詔撰平淮西碑，多敘裴度事，李愬不平，憲宗命段文昌重撰勒石。
憲宗	元和十四年	819	五四	送裴相公赴鎭太原。田司空入朝。	在長安爲國子監廣文館助教。四月，裴度罷相出爲河東節度使，有〈送裴相公赴鎭太原〉詩。八月，魏博節度使田弘正入朝，有〈田司空入朝〉詩。妻父葬於京兆奉先縣，籍使人攜行狀至潮州請韓愈作神道碑，愈於本年撰作〈唐故中散大夫少府監胡良公墓神道碑〉。	正月，韓愈坐言佛骨事貶潮州刺史，四月至任，十月移袁州。
憲宗	元和十五年	820	五五	送施肩吾東歸。謝裴司空寄馬。	本年五月元稹掌制誥之後，籍授秘書省秘書郎之職。春，施肩吾得第東	正月，宦官陳弘志弑憲宗於中和殿。太子恆即位，是爲穆宗。

					歸，有〈送施肩吾東歸〉詩。九月，裴度守河東，寄馬贈張籍，籍作詩以謝，度亦有〈酬張秘書因寄馬贈詩〉酬之。張、裴酬贈後，和者甚多，如元稹〈和張秘書因寄馬贈詩〉、李絳〈和裴相國答張秘書贈馬詩〉、韓愈〈賀張十八秘書得裴司空馬〉（本年冬，初自袁州召還作）、白居易〈和張十八秘書謝裴相公寄馬〉（本年作）、劉禹錫〈裴相公大學士見示答張秘書謝馬詩并群公屬和因命追作〉、張賈〈和裴司空答張秘書贈馬詩〉等（以上諸詩非同時所作）。	白居易除尚書司門員外郎。六月，李翱授考功員外郎並兼史職，七月出爲朗州刺史。秋，韓愈召爲國子祭酒。
穆宗	長慶元年	821	五六	酬韓祭酒雨中見寄。移居靜安坊答元八郎中。送和蕃公主。早朝寄白舍人嚴郎中。寄白二十二舍人。哭胡十八遇。書懷寄元郎中。贈僧道。	韓愈力薦張籍爲國子監廣文館博士，王建有〈寄廣文張博士〉詩贈之。秋，自長安寺中移居靖安坊，賈島有〈題張博士新居〉詩。十月，獲白居易〈新昌新居書事四十韻因寄元郎中張博士〉詩。妻弟胡遇卒，有詩哭之。有〈贈僧道〉（一作〈贈廣宣師〉）詩作於穆宗朝，確年不可考，姑繫此。	七月，穆宗妹太和公主出降回紇。韓愈有〈雨中寄張博士籍侯主簿喜〉詩與〈舉薦張籍狀〉。白居易在長安爲尚書主客郎中、知制誥。

| 穆宗 | 長慶二年 | 822 | 五七 | 酬白二十二舍人早春曲江見招。朝日敕賜櫻桃。新除水曹郎答白舍人見賀。和裴僕射移官言志。酬裴僕射朝回寄韓吏部。送嚴大夫之桂州。使行望悟眞寺。使至藍谿驛寄太常王丞。贈商州王使君。宿臨江驛。遊襄陽山寺。江陵孝女。重陽日至峽道。留別江陵王少府。寄漢陽故人。使回留別襄陽李司空。贈太常王建藤杖笻鞋。 | 二月，與韓愈同遊楊於陵別墅，愈有〈早春與張十八博士籍遊楊尙書林亭寄第三閣老兼呈白馮二閣老〉詩。春，除水部員外郎，白居易時爲中書舍人，有〈張籍可水部員外郎制〉，並有〈喜張十八博士除水部員外郎〉與朱慶餘〈賀張水部拜命〉詩來賀，籍有詩答白居易。與韓愈同遊曲江，愈有〈同水部張員外曲江春遊寄白二十二舍人〉詩。白居易有〈曲江獨行招張十八〉詩，張籍亦有詩酬之。四月，作〈朝日敕賜櫻桃〉詩，韓愈有〈和水部張員外宣政衙賜百官櫻桃詩〉。裴度有〈言志〉、〈朝回〉（已佚）之作，張籍有詩和之。秘書監嚴謨出爲桂管觀察使，有詩贈行。秋，奉命出使離京，首途至藍田，有〈使行望悟眞寺〉、〈使至藍谿驛寄太常王丞〉詩；至商州，有〈贈商州王使君〉詩；至臨江渡，有〈宿臨江驛〉詩；至襄陽，有〈遊襄陽山寺〉詩；至江陵，有〈江陵孝女〉詩；重陽日至峽道，有〈重陽日至峽道〉詩。秋暮冬初，使 | 二月，韓愈奉命宣慰鎭州，九月，還轉吏部侍郎。 |

					回，有〈留別江陵王少府〉、〈寄漢陽故人〉、〈使回留別襄陽李司空〉、〈贈太常王建藤杖笻鞋〉詩。七月，白居易除杭州刺史，取道襄、漢赴任，八月初，與張籍相逢於內鄉，有〈逢張十八員外籍〉詩記事，張籍與白居易和詩已散佚。	
穆宗	長慶三年	823	五八	喜王起侍郎放牒。送李餘及第後歸蜀。送鄭尙書出鎮南海。送鄭尙書赴廣州。哭元九少府。贈孔尙書。送浙西（西蓋東之誤）周判官。答白杭州郡樓登望畫圖見寄。	在長安爲水部員外郎。春，有〈喜王起侍郎放牒〉、〈送李餘及第後歸蜀〉詩。四月，有〈送鄭尙書出鎮南海〉、〈送鄭尙書赴廣州〉詩。夏，有新詩二十五首寄白居易，白氏有〈張十八員外以新詩二十五首見寄郡樓月下吟玩通夕因題卷後封寄微之〉與〈江樓晚眺景物鮮奇吟玩成篇寄水部張員外〉詩。冬，元宗簡卒，有詩哀悼。賈島有〈酬張籍王建〉詩，作於張籍任水部員外郎之時，姑繫此。	六月，韓愈爲京兆尹御史大夫，十月，爲兵部侍郎，旋改吏部侍郎，有〈早春呈水部張十八員外二首〉詩。元稹守同州刺史，冬，移浙東觀察使。
穆宗	長慶四年	824	五九	城南。同韓侍御南谿夜賞。酬杭州白使君兼寄浙東元大夫。同韋員外開元觀尋時道士。送楊少尹赴蒲城。過賈島野居。	本年酬和去年元稹、白居易詩，作〈酬杭州白使君兼寄浙東元大夫〉。夏，罷水部員外郎，官休閑居，韓愈因病休假，與韓愈同遊城南莊，有〈池上聯句〉，已佚，賈島亦常來此。秋，有〈城南〉詩。休官二月，	正月，穆宗崩，太子湛即位，是爲敬宗。韓愈有〈與張十八同效阮步兵一日復一夕〉、〈歡月喜張十八員外以王六秘書至〉（此爲愈之絕筆詩）詩。

					受詔拜主客郎中，入城拜命前夕賦〈同韓侍御南谿夜賞〉詩。八月十六夜，與王建往訪韓愈，坐語於階楹，愈出二侍女，合彈琵琶箏。十二月二日，韓愈卒於靖安里，臨終時籍在側，並受託爲其料理後事。賈島居長安樂遊園東之昇道坊，張籍過其居，有詩唱和，賈島有〈張郎中過原東居〉詩和之。	
敬宗	寶曆元年	825	六〇	寄和州劉使君。祭退之。和裴司空酬滿城楊少尹。蘇州江岸留別樂天。	在長安爲主客郎中。春，作詩寄和州劉禹錫，秋，禹錫有〈張郎中籍遠寄長句開緘之日已及新秋因舉目前仰酬高韻〉酬篇。三月，葬韓愈時作〈祭退之〉詩。三月，白居易出爲蘇州刺史，至寶曆二年九月才離蘇州，此間張籍曾到蘇州見過白氏，有〈蘇州江岸留別樂天〉詩，由於確年不可考，亦姑次此。	二月，禮部郎中李翺貶爲盧州刺史。
敬宗	寶曆二年	826	六一	寄蘇州白二十二使君。酬朱慶餘。送朱慶餘及第歸越。送李司空赴鎭襄陽。〈贈賈島〉。	在長安爲主客郎中。春，有詩寄蘇州白居易。推贊朱慶餘，慶餘於是爲清列所重而登科第。近試，慶餘作〈閨意獻張水部〉以獻，籍有詩酬之。冬，李逢吉赴襄陽，籍有詩送之。張籍〈贈賈島〉約作於本年前後。	十二月，劉克明等宦官殺敬宗，立絳王李悟。樞密使王守澄等人誅劉克明，李昂爲天子，是爲文宗。

文宗	大和元年	827	六二	贈王侍御。莊陵挽歌詞三首。秋思。	春，爲主客郎中分司東都。七月，有〈莊陵挽歌詞三首〉。	三月，白居易自蘇州徵拜秘書監。李翺入朝爲諫議大夫，尋以本官知制誥。
文宗	大和二年	828	六三	贈主客劉郎中。同白侍郎杏園贈劉郎中。首夏猶清和聯句。薔薇花聯句。西池落泉聯句。酬浙東元尙書見寄綾素。贈別王侍御赴任陝州司馬。和吏部令狐尙書喜裴司空見招看雪。	三月，劉禹錫代張籍爲主客郎中。籍轉國子司業。本年，元稹在浙東觀察使任，春，寄越州繒紗給張籍，籍有〈酬浙東元尙書見寄綾素〉詩。春至夏，與白居易、裴度、劉禹錫、姚合等遊宴杏園、曲水，有〈首夏猶清和聯句〉等詩之作，並有以下的唱和詩：白作〈杏花園下贈劉郎中〉、張作〈同白侍郎杏園贈劉郎中〉；裴作〈白二十二侍郎有雙鶴留在洛下予西園多野水長松可以棲息遂以詩請之〉、張作〈和裴司空以詩請刑部白侍郎雙鶴〉、白作〈酬裴相公乞予雙鶴〉、〈送鶴與裴相公臨別贈詩〉；張作〈寒食夜寄姚侍御〉、姚作〈酬張司業見寄〉。秋，王建除陝州司馬，有詩送之。張籍在王建赴陝州司馬任後，與之交遊日稀，未見二人再有唱酬詩。冬，有〈和吏部令狐尙書喜裴司空見招看雪〉詩。賈島宿姚合宅，有〈宿姚合宅寄張司業籍〉一詩寄張籍，當在本年前後。	二月，白居易除刑部侍郎。

				送令狐尚書赴東都留守。送白賓客分司東都。賦花。宴興化池亭送白二十二東歸。西池送白二十二東歸兼寄令狐相公聯句（收入《劉禹錫集》卷第三十二）。春池汎舟聯句。和令狐尚書平泉東莊近居李僕射有寄。論語注辨（二卷）。	在長安爲國子司業。三月，戶部尚書令狐楚爲東都留守，籍有詩送之。白居易稱病東歸，授太子賓客分司，籍亦有詩送之。又與劉禹錫、裴度等宴白居易於興化池亭，有〈賦花〉、〈宴興化池亭送白二十二東歸〉、〈西池送白二十二東歸兼寄令狐相公聯句〉。與裴度、崔群、劉禹錫、賈餗泛舟於曲江池，同作〈春池汎舟聯句〉詩。此後，張籍事蹟無考。	四月，白居易赴東都，過陝州，王建相迎，白居易有〈別陝州王司馬〉詩，知本年王建仍在陝州司馬任，時白居易五十八歲，王建約六十四歲。
文宗	大和三年	829	六四			
文宗	大和四年	830	六五		張籍約卒於本年。遺命歸葬和州。釋無可有〈哭張籍司業〉、賈島有〈哭張籍〉詩哀悼。其詩未編集，其文均散佚，其著《論語注辨》亦失。迨至南唐末年，張洎用二十多年工夫，輯其遺詩四百餘篇爲《木鐸集》十二卷傳世。	

貳、張籍樂府詩彙評

　　以下茲將歷代詩論家對張籍樂府詩之評賞，綜合如下。本文所依據的資料，採自採自清‧何文煥輯《歷代詩話》、丁福保輯《歷代詩話續編》、丁福保輯《清詩話》、郭紹虞編《清詩話續編》、陳伯海主編《唐詩彙評》中冊、袁閭琨主編《全唐詩廣選新注集評》第六卷等書。

一、〈雜怨〉

明・鍾惺、譚元春《唐詩歸》：

　譚云：淺而苦（「人當」二句下）。

清・沈德潛《唐詩別裁集》卷四：

　責以高堂有老姑，怨之正也，與泛作閨房之言有別（「妾身」
　四句下）。

清・葉矯然《龍性堂詩話・初集》：

　古人送別，苦語不一，而意實相師。……猶有傷心者，隴
　西「長當從此別，且復立斯須」，屬國「生當復來歸，死當
　長相思」，延之「生為久別離，沒為長不歸」，子美「孰知
　是死別，且復哀其寒」，張籍「人當少年嫁，我當少年別」，
　亦一意也。

二、〈行路難〉

清・余成教《石園詩話》卷二：

　文昌……〈行路難〉云：「君不見床頭黃金盡，壯士無顏
　色。」……皆清麗深婉，稱情而出。

三、〈白紵歌〉

明・鍾惺、譚元春《唐詩歸》：

　鍾云：此語略帶艷情（「常遣傍人」句下）。鍾云：情深而
　至。

清・邢昉《唐風定》：

　婉細妍秀，微有右丞風韻。

清・賀裳《載酒園詩話》卷一〈三偷〉：

　謝惠連〈擣衣詩〉曰：「腰帶准疇昔，不知今是非。」至張
　籍〈白紵歌〉則曰：「裁縫長短不能定，自持刀尺向姑前。」
　裴說〈寄邊衣〉則曰：「愁捻銀針信手縫，惆悵無人試寬窄。」
　雖語益加妍，意實原本于謝，正子瞻所云：「鹿入公庖，饌
　之百方，究其所以美處，總無加于煮食時」也。然庖饌變
　換得宜，實亦可口。

清・方南堂《方南堂先生輟鍛錄》：

　唐人最善於脫胎，變化無跡，讀者惟覺其妙，莫測其源。如謝惠連〈搗衣〉云：「腰帶准疇昔，不知今是非。」張文昌〈白紵詞〉則云：「裁縫長短不能定，自持刀尺向姑前。」

四、〈送遠曲〉

明・高棅《唐詩品彙》：

　劉云：能幾許得恁沈著婉轉數語矣。

明・鍾惺、譚元春《唐詩歸》：

　鍾云：奇語眞景（「青天漫漫」句下）。

明・許學夷《詩源辯體》：

　張、王樂府七言，張如「青天漫漫覆長路，遠遊無家安得住？願君到處自題名，他日知君從此去」……等句，皆懇切痛快者也，宋、元、國初多習爲之，蓋以其短篇，語意緊密，中才者易于收拾耳。

明・郝敬《批選唐詩》：

　情在辭外，惻然動人。

明・陸時雍《唐詩鏡》：

　「席上回尊勸僮僕」，此語絕得景趣。

明・周敬、周珽《唐詩選詠會通評林》：

　王世貞曰：一結深穩。　周珽曰：首舉所別之地以紀事。遠游舉目無親，所籍惟有僮僕，所以回尊相勸也。路長，居無定所，欲寄莫知蹤跡，所以到處題名也。括盡送遠情境。

清・沈德潛《唐詩別裁集》卷八：

　「願君到處自題名，他日知君從此去」，從前送遠詩，此意未曾寫到。

清・王堯衢《唐詩合解箋注》卷三：

　此篇上下截只一轉韻。此送別之作。戲馬台在彭城之西南，項王曾戲馬於此。別酒既醉，行人登車，乃以敬主之杯回勸其僕，何其情之殷勤也。從別時望其去路漫漫，只有青

天覆著，是與長空共遠矣。長途無家安得暫住？願君到處題名，使知從此而去，不但日後易尋，亦各無忘此別也。

清・唐汝詢《唐詩解》：

司業樂府皆泛然之辭，惟此疑本實事，不然天下皆可別，何獨戲馬台南耶？

清・徐增《而庵說唐詩》：

此題是樂府，文昌賦此詩，或當時曾於此送別，故即以此入詩。

清・吳瑞榮《唐詩箋要》：

結語開後人傳奇多少關目。

清・黃周星《唐詩快》：

送遠行者多矣，此獨勸僮僕，勸題名；雖是無聊之思，豈非深情古道？

清・吳昌祺《刪訂唐詩解》：

吳昌祺曰：有餘味，亦即從古詩脫出。　勸僮僕，亦是深於惜別之意。

清・宋宗元《罔師園唐詩箋》：

「願君到處自題名，他日知君從此去」，妙語深情，得未曾有。

《歷代詩發》：

深情古道，說得偏覺沈著。

五、〈築城詞〉

明・許學夷《詩源辯體》：

張、王樂府七言，張如……「力盡不得休杵聲，杵聲未定人皆死。家家養男當門戶，今日作君城下土」……等句，皆懇切痛快者也，宋、元、國初多習爲之，蓋以其短篇，語意緊密，中才者易于收拾耳。

六、〈猛虎行〉

明・周敬、周珽《唐詩選詠會通評林》：

　　顧璘曰：起語好，有諷。　周珽曰：國有大害，憑威猛以
　肆毒，而畏縮養奸者徒徇名位，罔所剪除，讀經豈不棘然。

清・邢昉《唐風定》：

　　比仲初作，微婉勝之。

清・賀裳《載酒園詩話》又編：

　　張詠猛虎，故摹寫怯懦以見負嵎之威，王（建）詠射虎，
　故曲盡狡獪之態，用意不同，俱為酷肖。張詩雖工，僅詞
　人之言，王詩意深遠矣。（黃白山評：「張詩亦似為權門勢要傾害
　朝士之喻，非徒詠猛虎而已。」）

七、〈別離曲〉

明・周敬、周珽《唐詩選詠會通評林》：

　　周珽曰：詩以清遠為佳，不以苦刻為貴，固矣。然情到真
　處，事到實處，音不得不哀，調不得不苦者。說者謂文昌、
　仲初樂府，瘖啞逼側，每到悲惋，一如兒啼女哭，所為真
　際雖多，雅道盡喪，不知彼心口手眼各自有精靈不容磨滅
　光景。如病其欠厚，非善讀二家者也。《詩鏡》云：「七古
　欲語語生情，自張、王始為此體，盛唐人只寫得大意」，得
　矣。　唐汝詢曰：文昌樂府，就事直賦，意盡而止，絕不
　於題外立論。如〈野老〉之哀農，〈別離〉之感戍，〈泗水〉
　之趨利，〈樵客〉之崇實，〈雀飛〉之避禍，〈烏棲〉之微諷，
　〈短歌〉之憂生，各有一段微旨可想，語不奧古，實是漢
　魏樂府正裔。

八、〈關山月〉

清・賀裳《載酒園詩話》又編：

　　〈關山月〉曰：「軍中探騎暮出城，伏兵暗處低旌戟。」……
　張之傳寫入微。

九、〈白頭吟〉

宋・葛立方《韻語陽秋》卷六：

　　余觀張籍〈白頭吟〉云：「春天百草秋始衰，棄我不待白頭
　時。羅襦玉珥色未暗，今朝已道不相宜。」……其語感人

深矣！

明‧謝榛《四溟詩話》：

太白曰：「蒼梧山崩湘水竭。」張籍曰：「菖蒲花開月長滿。」
李賀曰：「七星貫斷嫦娥死。」此同一機軸，賀句更奇。

清‧毛先舒《詩辯坻》卷第一：

李太白「蒼梧山崩湘水竭」，張文昌「菖蒲花開月長滿」，
李長吉「七星貫斷姮娥死」，俱是決絕語，遣詞絕工。然〈鐃
歌〉「冬雷震震，夏雨雪」，實先開之。〈鐃歌〉語事所或有，
質渾而爲古；三子語理所必無，刻畫而近今。

清‧邢昉《唐風定》：

此篇直露，卻絕透快。

清‧沈德潛《說詩晬語》卷上云：

樂府寧朴毋巧，寧疏毋鍊。張籍〈短歌行〉云：「菖蒲花開
月常滿。」傷於巧也。：沈氏云爲〈短歌行〉，非也。）

一〇、〈江南曲〉

宋‧尤袤《全唐詩話》卷二：

白樂天讀籍詩集云：「張公何爲者？業文三十春。尤工樂府
辭，舉代少其倫。」姚合讀籍詩，有詩云：「妙絕〈江南曲〉，
凄涼〈怨女詩〉。古風無手敵，新語是人知。」

清‧賀裳《載酒園詩話》又編：

「妙絕〈江南曲〉，凄涼怨女詞」姚秘書之評張司業也。此
言甚當。

一一、〈望行人〉

清‧吳瑞榮《唐詩箋要》：

水部律格，工于匠物，字清意遠，不徒舊跡，自足成一家
矣。然其音韻過拗過裂，有礙治制體。

一二、〈秋思〉

宋‧周弼《磧砂唐詩》：

謙曰：古人一倍筆墨便寫出十倍精采，只此結句類是也。

如《晉史》傳殷浩竟達空函，令人發笑；讀此結句，令人
可泣。(末句下)

明‧李東陽《麓堂詩話》：

「廣武城邊逢暮春」，不如「洛陽城里見秋風」。

明‧陸時雍《唐詩鏡》：

張籍絕句別自爲調，不數故常。

明‧周敬、周珽《唐詩選詠會通評林》：

周弼爲「虛接體」。　周珽曰：緘封有限，客恨無窮。「見」
字、「欲」字、「恐」字與「復」字、「臨」字、「又」字相
應發，便覺情眞語懇，心口輒造精微之城。　敖子發曰：
此詩淺淺語，提筆便難。

明‧周敬、周珽《唐詩選詠會通評林》：

周珽曰：唐人樂府詞，文昌可稱獨步。絕句中如〈成都曲〉、
〈春別曲〉、〈寒塘曲〉、〈涼州辭〉、〈吳楚歌〉、〈楚妃怨〉、
〈秋思〉等篇，俱跌蕩風逸，逼眞齊梁樂府，中透徹之禪，
非有相皈依之可到。

清‧唐汝詢《唐詩解》：

文昌敍情最切，此詩堪與「馬上相逢」頡頏。

清‧毛先舒《詩辯坻》卷第三：

文昌「洛陽城里見秋風」一首，命意政近塡詞，讀者賞俊，
勿遽寬科。

清‧沈德潛《唐詩別裁集》卷二十：

亦復人人胸臆語，與「馬上相逢無紙筆」一首同妙。

清‧潘德輿《養一齋詩話》卷三：

文昌「洛陽城裡見秋風」一絕，七絕之絕境，盛唐諸鉅手
到此者亦罕，不獨樂府古澹，足與盛唐爭衡也。王新城、
沈長洲數唐人七絕擅長者各四章，獨遺此作。沈于鄭谷之
「揚子江頭」亦盛稱之，而不及此，此猶以聲調論詩也。

清‧徐增《而庵說唐詩》：

余平生苦作家書，每作家書，頭緒多，筆下寫不乾淨，必

有遺落處。讀司業此詩，深得我心，爲錄於此。

清·黃周星《唐詩快》：

家常情事，寫出便成好詩。

清·黃叔燦《唐詩箋注》：

首句羈人搖落之意已概見，正家書中所説不盡者；「行人臨
發又開封」，妙更形容得出。試思如此下半首如何領起，便
知首句之難落筆矣。

清·林昌彝《射鷹樓詩話》：

文昌「洛陽城裡見秋風」一絕，七絕之絕境，盛唐人到此者
亦罕，不獨樂府古淡足與盛唐爭衡也。王新城（士禎）、沈
長洲（德潛）數唐人七絕擅長者各四首，獨遺此作；沈于鄭
谷之「揚子江頭」亦盛稱之而不及此，此猶以聲調論詩也。

清·李瑛《詩法易簡錄》：

眼前情事，説來在人人意中，如「馬上相逢無紙筆，憑君
傳語報平安」、「兒童相見不相識，笑問客從何處來」，皆是
此一種筆墨。

清·宋宗元《罔師園唐詩箋》：

至情眞情。

近代·俞陛雲《詩境淺説續編》：

詩言已作家書，而長言不盡，臨發重開，極言其懷鄉之切。
作書者殷勤如是，宜得書者抵萬金矣。凡詠寄書者，多本
於性情，唐人詩，如「馬上相逢無紙筆，憑君傳語報平安」，
僅傳口語，亦慰情勝無也；「隴山鸚鵡能言語，爲報家人數
寄書」，盼書之切，托諸幻想也。明人詩，「萬里山河經百
戰，十年重到故人書」，亂後得書，悲喜交集也。近人詩，
「藥債未完官稅逼，封題空自報平安」，得家書而只益鄉愁
也；「忽漫一箋臨眼底，丙寅三月十三封」，檢遺也。詩本
性情，此類之詩，皆至情語也。

一三、〈吳楚歌詞〉

明·周敬、周珽《唐詩選詠會通評林》：

周珽曰：唐人樂府詞，文昌可稱獨步。絕句中如〈成都曲〉、
〈春別曲〉、〈寒塘曲〉、〈涼州辭〉、〈吳楚歌〉、〈楚妃怨〉、
〈秋思〉等篇，俱跌蕩風逸，逼眞齊梁樂府，中透徹之禪，
非有相皈依之可到。

一四、〈烏棲曲〉

明·周敬、周珽《唐詩選詠會通評林》：

周珽曰：詩以清遠爲佳，不以苦刻爲貴，固矣。然情到眞
處，事到實處，音不得不哀，調不得不苦者。說者謂文昌、
仲初樂府，瘖啞逼側，每到悲惋，一如兒啼女哭，所爲眞
際雖多，雅道盡喪，不知彼心口手眼各自有精靈不容磨滅
光景。如病其欠厚，非善讀二家者也。《詩鏡》云：「七古
欲語語生情，自張、王始爲此體，盛唐人只寫得大意」，得
矣。　唐汝詢曰：文昌樂府，就事直賦，意盡而止，絕不
於題外立論。如〈野老〉之哀農，〈別離〉之感戍，〈泗水〉
之趨利，〈樵客〉之崇實，〈雀飛〉之避禍，〈烏棲〉之微諷，
〈短歌〉之憂生，各有一段微旨可想，語不奧古，實是漢
魏樂府正裔。

一五、〈短歌行〉

明·鍾惺、譚元春《唐詩歸》：

鍾云：淺樸可詠。

清·沈德潛《唐詩別裁集》卷八：

祝辭正是可傷之處。（末二句下）

清·王夫之《唐詩評選》：

眞短歌行。

清·黃周星《唐詩快》：

伉爽磊落，如聽唱蘇學士「大江東去」。

一六、〈楚妃怨〉（《全唐詩》作歎）

明·周敬、周珽《唐詩選詠會通評林》：

周珽曰：唐人樂府詞，文昌可稱獨步。絕句中如〈成都曲〉、
〈春別曲〉、〈寒塘曲〉、〈涼州辭〉、〈吳楚歌〉、〈楚妃怨〉、

〈秋思〉等篇，俱跌蕩風逸，逼眞齊梁樂府，中透徹之禪，非有相皈依之可到。

明・周敬、周珽《唐詩選詠會通評林》：

周珽曰：詩以清遠爲佳，不以苦刻爲貴，固矣。然情到眞處，事到實處，音不得不哀，調不得不苦者。說者謂文昌、仲初樂府，瘖啞逼側，每到悲惋，一如兒啼女哭，所爲眞際雖多，雅道盡喪，不知彼心口手眼各自有精靈不容磨滅光景。如病其欠厚，非善讀二家者也。《詩鏡》云：「七古欲語語生情，自張、王始爲此體，盛唐人只寫得大意」，得矣。　唐汝詢曰：文昌樂府，就事直賦，意盡而止，絕不於題外立論。如〈野老〉之哀農，〈別離〉之感戍，〈泗水〉之趨利，〈樵客〉之崇實，〈雀飛〉之避禍，〈烏棲〉之微諷，〈短歌〉之憂生，各有一段微旨可想，語不奧古，實是漢魏樂府正裔。

清・毛先舒《詩辯坻》卷第三：

籍建並稱，然建遠不如籍。籍〈楚妃〉、〈離宮〉有盛唐之調，具得樂府遺風。建〈宮詞〉直落晚葉，去孟蜀花蕊夫人一間耳。〈夜看揚州市〉何其里巷也！

一七、〈傷歌行〉

清・沈德潛《唐詩別裁集》卷八：

此爲楊憑貶臨賀尉而作。憑爲京兆尹，廣蓄姬妾，築第逾制，爲人糾劾，貶之。

一八、〈楚妃怨〉（卷六）

明・周敬、周珽《唐詩選詠會通評林》：

周珽曰：唐人樂府詞，文昌可稱獨步。絕句中如〈成都曲〉、〈春別曲〉、〈寒塘曲〉、〈涼州辭〉、〈吳楚歌〉、〈楚妃怨〉、〈秋思〉等篇，俱跌蕩風逸，逼眞齊梁樂府，中透徹之禪，非有相皈依之可到。

清・毛先舒《詩辯坻》卷第三：

籍建並稱，然建遠不如籍。籍〈楚妃〉、〈離宮〉有盛唐之

調，具得樂府遺風。建〈宮詞〉直落晚葉，去孟蜀花蕊夫
人一間耳。〈夜看揚州市〉何其里巷也！

一九、〈白鼉吟〉

明・楊愼《升庵詩話》卷十一：

張文昌〈白鼉行〉，有漢魏歌謠之風；〈長干行〉，有〈國風・
河廣〉之意，集中不載。

二〇、〈征婦怨〉

明・周敬、周珽《唐詩選詠會通評林》：

楊愼曰：依倚子、夫，得怨之正。　吳山民曰：「夫死戰場
子在腹」，苦中苦語。　陸時雍曰：「招魂葬」，語住。　周
啓琦曰：末二語悲甚。　周珽曰：「全沒」、「魂葬」，可憐！
覓封戰死，何如貧賤同居？故燭以照夜，畫無用之；婦人
無倚，「畫燭」何異？聲聲怨恨，字字淒慘。

清・唐汝詢《唐詩解》：

夫死戰場子在腹，征婦之最慘者，燭以照夜，畫無所用之。
故取以自喻。

清・沈德潛《唐詩別裁集》卷八：

李華〈弔古戰場文〉，篇中可云縮本。

清・邢昉《唐風定》：

顧云：王、張樂府，體發人情，極于纖細，無不至到，後
人不及正在此，不及前人亦在此。

清・史承豫《唐賢小三昧集》：

張、王樂府並稱，文昌情味較足，以運思清而措辭俊也。

清・吳瑞榮《唐詩箋要》：

說征婦者甚多，慘淡經營，定推文昌此首第一。

二一、〈野老歌〉

元・范椁《木天禁語》：

樂府篇法，張籍爲第一，王建近體次之，長吉虛妄不必效，
岑參有氣，惜語硬，又次之。張王最古，……。要訣在於

反本題結，如〈山農詞〉，結卻用「西江賈客珠百斛，船中養犬多食肉」是也。

明・鍾惺、譚元春《唐詩歸》卷三十：

　　鍾云：語有經國隱憂（「西江賈客」二句下）。

明・周敬、周珽《唐詩選詠會通評林》：

　　周珽曰：詩以清遠為佳，不以苦刻為貴，固矣。然情到真處，事到實處，音不得不哀，調不得不苦者。說者謂文昌、仲初樂府，瘖啞逼側，每到悲惋，一如兒啼女哭，所為真際雖多，雅道盡喪，不知彼心口手眼各自有精靈不容磨滅光景。如病其欠厚，非善讀二家者也。《詩鏡》云：「七古欲語語生情，自張、王始為此體，盛唐人只寫得大意」，得矣。　　唐汝詢曰：文昌樂府，就事直賦，意盡而止，絕不於題外立論。如〈野老〉之哀農，〈別離〉之感戍，〈泗水〉之趨利，〈樵客〉之崇實，〈雀飛〉之避禍，〈烏棲〉之微諷，〈短歌〉之憂生，各有一段微旨可想，語不奧古，實是漢魏樂府正裔。

二二、〈寄衣曲〉

明・鍾惺、譚元春《唐詩歸》：

　　譚云：情想在此三字（「殷勤為看」句下）。　　譚云：深曲之想，說來全不費力（「征夫身上」句下）。　　鍾云：至情重義，無此不成樂府。

明・陸時雍《唐詩鏡》：

　　高風雅韻。

明・周敬、周珽《唐詩選詠會通評林》：

　　劉辰翁曰：其思曲而曲。　　周珽曰：深婉，結極細膩。　　顧璘曰：酸苦殷勤，理極情極。　　周珽曰：從憂苦中釀出一段悲怨之語，真所謂筆下全是血，紙上全是魂也。

清・邢昉《唐風定》：

　　意婉辭雅，似非仲初所及。

清・劉邦彥《唐詩歸折衷》引吳敬夫云：

文昌樂府，伯仲仲初，而彌加蘊藉，諸體亦淡雅宜人。王
元美謂：張籍善言情，王建善徵事，而境皆不佳。「殷勤爲
看初著時，征夫身上宜不宜」、「梨園子弟偷曲譜，頭白人
間教歌舞」，情、事與境皆佳矣。

二三、〈牧童詞〉

清・邢昉《唐風定》：

一味深婉，風氣迴超。

清・王夫之《唐詩評選》：

正章翻似帶出，前八句堅忍之力，如謝傅賭墅時。

清・吳瑞榮《唐詩箋要》：

與李涉〈牧童詞〉參看，一豪甚，一懦甚，會心不遠。

二四、〈古釵嘆〉

明・高棅《唐詩品彙》：

劉云：好。

明・鍾惺、譚元春《唐詩歸》：

鍾云：達甚（末句下）。

明・周敬、周珽《唐詩選詠會通評林》：

顧璘曰：古道難用，可哀。　周珽曰：惟儀不稱時，故不
爲人所用；不用則匣中與在井底何異？故士貴得時以行其
志；否則岩穴而貶黜，胡鴻鉅之足負也！

清・邢昉《唐風定》：

與仲初《羈韝》結語同一法。

清・賀裳《載酒園詩話》又編：

張〈古釵嘆〉曰：……。張所寄託便在絃指之外，令人想
見淮陰典連教，鳳雛治耒陽時也。

二五、〈各東西〉

明・高棅《唐詩品彙》：

劉云：其不及王建者，材不盡也。然各自得體。

明・謝榛《四溟詩話》：

秦嘉妻徐淑曰：「身非形影，何得動而輒俱；體非比目，何得同而不離。」陽方曰：「惟願長無別，合形作一身。」駱賓王曰：「與君相向轉相親，與君雙栖共一身。」張籍曰：「我今與子非一身，安得死生不相棄？」何仲默曰：「與君非一身，安得不離別？」數語同出一律，仲默尤爲簡妙。

明·許學夷《詩源辯體》：

張、王樂府七言，張如……「浮雲上天雨墮地，暫時會合終離異。我今與子非一身，安得死生不相棄」……等句，皆懇切痛快者也，宋、元、國初多習爲之，蓋以其短篇，語意緊密，中才者易于收拾耳。

明·周敬、周珽《唐詩選詠會通評林》：

周敬曰：張公七言古好作近人語，亦善作痛人語。　楊愼曰：「我今與子非一身」，直而愼。何仲默「與君非一身，安得不離別？」本此。　吳山民曰：寫情眞切，但在樂府中欠厚。　陸時雍曰：老氣。「日日」句，語最工。　唐汝詢曰：「日日空尋」句，想頭好。「浮雲上天」四語，寬譬語，極狎昵，恐非別友之作，其〈蔓草〉之遺風歟？　周珽曰：此（按指〈車遙遙〉）與〈各東西〉篇，思可鏤塵，鋒能截玉，本情切理，躊躇滿志，不復知奏刀之爲難。

二六、〈節婦吟〉

宋·洪邁《容齋三筆》卷六：

張籍在他鎮幕府，鄆帥李師古又以書幣辟之，籍卻而不納，而作〈節婦吟〉一章寄之……陳無己爲穎州教授，東坡領郡，而陳賦〈薄命妾〉篇，言爲曾南豐作，其首章云：「主家十二樓，一身當三千。古來妾薄命，事主不盡年。起舞爲主壽，相送南陽阡。忍著主衣裳，爲人作春妍。有聲當徹天，有淚當徹泉。死者恐無知，妾身長自憐。」全用籍意。

明·瞿佑《歸田詩話》卷上：

張文昌〈還珠吟〉：「君知妾有夫，贈妾雙明珠。……何不相逢未嫁時。」予少日嘗擬樂府百篇，〈續還珠吟〉云：「妾

身未嫁父母憐，妾身即嫁室家全。十載之前父爲主，十載之後夫爲天。平生未省窺門戶，明珠何由到妾邊？還君明珠恨君意，閉門自咎涕漣漣。」鄉先生楊復初見而題其後云：「義正詞工，使張籍見之，亦當心服。」又爲序其編首，而百篇皆加評點，過蒙與進。先生元末鄉貢進士，洪武間擢知荊門州，卒于官。

明・鍾惺、譚元春《唐詩歸》卷三十：

　　鍾云：節義肝腸，以情款語出之。妙！妙！

明・高棅《唐詩品彙》：

　　劉云：好自好，但亦不宜「繫」。

明・王世貞《藝苑卮言》卷四：

　　「還君明珠雙淚垂，恨不相逢未嫁時。」可謂能怨矣。樂府之所貴者，事與情而已。張籍善言情，王建善徵事，而境皆不佳。

明・何良俊《四友齋叢說》：

　　張籍長於樂府；如〈節婦吟〉等篇，眞擅場之作。

明・周敬、周珽《唐詩選詠會通評林》：

　　周珽曰：平衷婉辭，既堅己操，復不激人之怒，即云長事劉，有死不變，猶志在報效曹公之意。

明・郭濬評點、周明輔等參訂《增定評注唐詩正聲》：

　　前四句似樂府，結句情深，卻非盛唐口吻。

清・唐汝詢《唐詩解》：

　　繫珠於襦，心許之矣，以良人貴顯而不可皆是以卻之。然還珠之際，涕泣流連，悔恨無及，彼婦之節不幾岌岌乎？夫女以珠誘而動心，士以幣徵而折節，司業之識淺矣哉！

清・賀裳《載酒園詩話》卷一：

　　須溪評詩極佳，然亦有過當處。如張司業〈節婦吟〉……。此詩一句一轉，語巽而峻。深得〈行露〉「白茅」之意。劉須溪曰：「好自好，但亦不宜繫。」余謂此說不惟苛細，兼亦不諳事宜。此乃寄東平李司空作也。籍已在他鎭幕府，

鄆帥又以書幣聘之，故寄此詩。通篇俱是比體，繫以明國士之感，辭以表從一之志，兩無所負。必如所云，則漢臯之駒亦不宜秣，〈摽梅〉之迨吉迨今，何急不能待也！詩人之言，可如是執乎！此種意見，與見饋牛酒而譖范睢者何異？（黃白山評：「按李司空即李師道，乃河北三叛鎮之一。張籍自負儒者之流，豈宜失身於叛臣，何論曾受他鎮之聘與否耶！張雖卻而不赴，然此詩詞意未免周旋太過，不止如須溪所譏。安有以明珠贈有夫之婦，而猶謂其『用心如日月』者？且推『相逢未嫁』之語，脫未受他人聘，即當赴李帥之召，恐昌黎〈送董邵南〉又當移而贈文昌矣。」）

清·賀貽孫《詩筏》：

張文昌〈節婦吟〉云……。此詩情詞婉戀，可泣可歌。然既垂淚以還珠矣，而又恨不相逢於未嫁之時，柔情相牽，展轉不絕，節婦之節危矣哉！文昌此詩，從〈陌上桑〉來，「恨不相逢未嫁時」，即〈陌上桑〉「使君自有婦，羅敷自有夫」意。然「自有」二語甚斬絕，非既有夫而又恨不嫁此夫也。「良人執戟明光裏」，即〈陌上桑〉「東方千餘騎，夫婿居上頭」意。然〈陌上桑〉妙在既拒使君之後，忽插此段，一連十六句，絮絮聒聒，不過盛誇夫婿以深絕使君，非既有「良人執戟明光裏」，而又感他人「用心如日月」也。忠臣節婦，鐵石心腸，用許多折轉不得，吾恐詩與題不稱也。或曰文昌在他鎮幕府，鄆帥李師古又以重幣辟之，不敢峻拒，故作此詩以謝。然則文昌之婉戀，良有以也。

清·葉矯然《龍性堂詩話·初集》：

張文昌樂府擅場，然有不滿者。如〈節婦吟〉云：「君知妾有夫，……繫在紅羅襦。又云：「還君明珠雙淚垂，何不相逢未嫁時。」此婦人口中如此，雖未嫁，嫁過畢矣。或云文昌卻鄆帥李師道之聘，有托云然。但勝理之詞，不可訓也。

清·陶元藻《鳧亭詩話》卷上：

余往年選《唐詩楷》，深怪張文昌〈節婦吟〉措詞不善，謂以珠繫襦固非，還珠垂淚更謬，並譏其命題亦欠斟酌。後見他本作〈還珠吟〉，題則妥矣，而詩終有病。及見瞿存齋

〈續還珠吟〉云:「妾身未嫁父母憐,妾身即嫁室家全。十載之前父爲主,十載之後夫爲天。平生未省窺門戶,明珠何由到妾邊?還君明珠恨君意,閉門自咎涕漣漣。」末二句「恨君」字固佳,「自咎」字更妙,「涕漣漣」與「雙淚垂」,兩哭亦迥然不同。如此命詞措意,作〈還珠吟〉可也,作〈節婦吟〉亦可也。先得我心,爲之折服。

清‧沈濤《瓠廬詩話》卷上:

張文昌〈節婦吟〉:「還君明珠雙淚垂,恨不相逢未嫁時。」正與達情知禮意合,而歸愚詆之,是必如瞿宗吉〈續還珠吟〉方爲得體,尚成何語耶?

清‧沈德潛《說詩晬語》卷上云「張王句疵」:

文昌〈節婦吟〉云:「感君纏綿意,繫在紅羅襦。」稱:贈珠者知有夫而故近之,更褻於羅敷之使君也,猶感其意之纏綿耶?雖云寓言贈人,何妨圓融其辭;然君子立言,故自有別。

清‧沈德潛《唐詩別裁集》卷八:

文昌有〈節婦吟〉,時在他鎮幕府,鄆帥李師道以書幣聘之,因作此詞以卻。然玩辭意,恐失節婦之旨,故不錄。

清‧毛先舒《詩辯坻》卷第三:

張籍〈節婦吟〉亦淺亦雋;〈吳宮怨〉無中生有,得青蓮之遺。餘作亦有工妙。大抵于結處正意悉出,慮人不知,露出卑手。

清‧吳喬《圍爐詩話》卷一:

喬謂唐詩有理,而非宋人詩話所謂理;唐詩有詞,而非宋人詩話所謂詞。大抵賦須近理,比即不然,興更不然,「靡有孑遺」,「有北不受」可見。又如張籍辭李司空辟詩,考亭嫌其「感君纏綿意,繫在紅羅襦」。若無此一折,即淺直無情,是爲以理礙詩之妙者也。

清‧吳喬《圍爐詩話》卷三:

張籍辭李師道辟命詩,若無「感君纏綿意,繫在紅羅襦」

二語，即徑直無情。朱子譏之，是講道理，非說詩也。

清・余成教《石園詩話》卷二：

〈寄李司空〉云：「還君明珠雙淚垂，何不相逢未嫁時。」
皆清麗深婉，稱情而出。

清・徐增《而庵說唐詩》：

〈陌上桑〉妙在直，此詩妙在婉。文昌眞「樂府」老手。

清・王堯衢《唐詩合解箋注》卷三：

此篇五七言後，以兩句結，卻有餘韻，妙在言外。

清・史承豫《唐賢小三昧集》：

婉而直，得風人寫托之旨。

清・黃周星《唐詩快》：

雙珠繫而復還，不難於繫，而難於還。繫者知己之感，還
者從一之義也。此詩爲文昌卻聘之作，乃假托節婦言之。
徒令千載之下，增才人無限悲感。

二七、〈永嘉行〉

宋・曾季貍《艇齋詩話》云：

張籍樂府甚古，如〈永嘉行〉尤高妙。唐人樂府，惟張籍
王建古質。劉夢得〈武昌老人說笛歌〉，宛轉有致。

清・賀裳《載酒園詩話》又編：

〈永嘉行〉曰：「紫陌旌旛暗相觸，家家雞犬飛上屋。」……
張之傳寫入微。

二八、〈吳宮怨〉

明・高棅《唐詩品彙》：

劉云：哀怨意引 (首二句下)。　劉云：稍有古意 (末句下)。

明・陸時雍《唐詩鏡》：

「江清露白芙蓉死」，中晚俊句。

明・周敬、周珽《唐詩選詠會通評林》：

周珽曰：〈吳宮怨〉一首，寓言讒人恃寵，正士懷憂，意亦
沈著。

清・邢昉《唐風定》：

　雅聲嘈哤，絕非細響，中晚之間，洵可特立。

清・毛先舒《詩辯坻》卷第三：

　〈吳宮怨〉無中生有，得青蓮之遺。餘作亦有工妙。大抵
　于結處正意悉出，慮人不知，露出卑手。

清・吳瑞榮《唐詩箋要》：

　咨嗟曲邑，往復無端，較王屋山人而過之，而渾雅之致不
　逮，此盛、中所以異也。

二九、〈北邙行〉

清・沈德潛《唐詩別裁集》卷八：

　沈溺於葬者，讀此可以怳然。

三〇、〈將軍行〉

清・賀裳《載酒園詩話》又編：

　張〈將軍行〉敘戰勝後曰：「擾擾惟有牛羊聲。」……張之
　傳寫入微。

三一、〈羈旅行〉

明・高棟《唐詩品彙》：

　劉云：狰狰形容到此（「僮僕問我」句下）。

　劉云：須著如此結，愈緩愈不可聽，他人不能道耳（末句下）。

明・周敬、周珽《唐詩選詠會通評林》：

　顧璘曰：旅窮至極。末段善說題意。　周珽曰：沈思遠韻，
　賦比曲至。旅人號咷，字字可憐。

清・賀裳《載酒園詩話》又編：

　張〈羈旅行〉曰：「荒城無人霜滿路，野火燒橋不得度。……，
　行人起掃車上霜。」數語身肖旅途之景。

清・邢昉《唐風定》：

　情景荒涼如畫。

三二、〈楚宮行〉

宋・強行父《唐子西文錄》：

張文昌詩：「六宮才人〈大垂手〉，願君千年萬年壽，朝出
射麋暮飲酒。」古樂府〈大垂手〉〈小垂手〉〈獨搖手〉，皆
舞名也。

三三、〈涼州詞〉（其一）

明・周敬、周珽《唐詩選詠會通評林》：

周珽曰：唐人樂府詞，文昌可稱獨步。絕句中如〈成都曲〉、
〈春別曲〉、〈寒塘曲〉、〈涼州辭〉、〈吳楚歌〉、〈楚妃怨〉、
〈秋思〉等篇，俱跌蕩風逸，逼眞齊梁樂府，中透徹之禪，
非有相皈依之可到。

清・吳瑞榮《唐詩箋要》：

寓愴憤納款意。

三四、〈涼州詞〉（其二）

明・楊愼《升庵詩話》（收入《升庵詩話箋證》附錄一）：

鳳林，《水經》：「河水又東歷鳳林北。」注：「鳳林，山名，
五巒俱峙。」杜詩：「鳳林戈不息，魚海路常難。」張籍詩
「鳳林關裏水東流，白草黃榆六十秋。邊將皆承主恩澤，
無人解道取涼州。」（《丹鉛總錄》卷二十一）

明・周敬、周珽《唐詩選詠會通評林》：

楊愼列爲能品。　宗臣曰：圓轉玲瓏。　吳山民曰：後二
語說得醜殺人。　何景明曰：用意深備，使當時將帥聞之，
必有報色。

明・郭濬評點、周明輔等參訂《增定評注唐詩正聲》：

周云：刺體，直中有婉。

明・敖英輯評、凌雲補輯《唐詩絕句類選》：

唐人詠邊塞率道戍役愁苦，不則代邊帥自負，獨此詩有諷
刺，有關係。

明・李攀龍輯、袁宏道校《唐詩訓解》：

將不效力，不嫌直致。

明・黃克纘、衛一風輯《全唐風雅》：

黃云：譏刺時事而意不淺露，可以風矣。

清‧沈德潛《唐詩別裁集》卷二十：

　　高常侍亦云「豈無安邊書，諸將已承恩。」高說得憤，此說得婉。

清‧吳瑞榮《唐詩箋要》：

　　比前首更唾罵痛快。　王翰、王之渙二作感喟出以悠揚，是渾然元氣。此則全以激昂之意發之，讀之毛髮為豎，令人自服。

清‧吳昌祺《刪訂唐詩解》：

　　唐汝詢曰：涼州本明皇所開，而陷於吐蕃六十年，故咎諸將之不能守。　吳昌祺曰：盡脫笛、笳等意，亦一快也。

清‧黃叔燦《唐詩箋注》：

　　此篇言邊將安坐居奇，不以立功報主為念，自開元中，王君㚟等先後突吐蕃取涼州，後復陷吐蕃，經今已六十年，邊將空邀主恩，無人出力。言之深切著明。

近代‧俞陛雲《詩境淺說續編》：

　　詩言涼州失陷已六十年矣，而諸將坐擁高牙，都忘敵愾。少陵詩「獨使至尊憂社稷，諸君何以答升平」，與文昌有同慨也。

三五、〈宮詞〉（其一）

宋‧許顗《彥周詩話》：

　　張籍王建，樂府宮詞皆傑出，所不能追逐李杜者，氣不勝耳。

清‧王士禎《分甘餘話》：

　　許彥周謂張籍、王建，〈樂府〉、〈宮詞〉皆傑出，所不能追蹤李杜者，氣不勝也。余以為非也，正坐格不高耳。不但李、杜，盛唐諸詩人所以超出中、晚者，只是格韻高妙。

三六、〈宮詞〉（其二）

宋‧許顗《彥周詩話》：

　　張籍王建，樂府宮詞皆傑出，所不能追逐李杜者，氣不勝耳。

清・王士禎《分甘餘話》：

許彥周謂張籍、王建，〈樂府〉、〈宮詞〉皆傑出，所不能追蹤李杜者，氣不勝也。余以爲非也，正坐格不高耳。不但李、杜，盛唐諸詩人所以超出中、晚者，只是格韻高妙。

近代・俞陛雲《詩境淺說續編》：

此詩前二句所言，與王建詩之「紅蠻杆撥貼胸前」及「側商調裏唱伊州」皆詠一事。後二句言：新曲教成即受櫻桃之賞。唐代嘗新之例，先薦寢園，後頒臣下；王維詩「芙蓉闕下會千官」，可知典制殊崇。此因習曲而恩及歌者，見寵賜之濫加也。

三七、〈離宮怨〉

清・毛先舒《詩辯坻》卷第三：

籍建並稱，然建遠不如籍。籍〈楚妃〉、〈離宮〉有盛唐之調，具得樂府遺風。

三八、〈成都曲〉

明・周敬、周珽《唐詩選詠會通評林》：

周珽曰：唐人樂府詞，文昌可稱獨步。絕句中如〈成都曲〉、〈春別曲〉、〈寒塘曲〉、〈涼州辭〉、〈吳楚歌〉、〈楚妃怨〉、〈秋思〉等篇，俱跌蕩風逸，逼眞齊梁樂府，中透徹之禪，非有相皈依之可到。

三九、〈寒塘曲〉

明・周敬、周珽《唐詩選詠會通評林》：

周珽曰：唐人樂府詞，文昌可稱獨步。絕句中如〈成都曲〉、〈春別曲〉、〈寒塘曲〉、〈涼州辭〉、〈吳楚歌〉、〈楚妃怨〉、〈秋思〉等篇，俱跌蕩風逸，逼眞齊梁樂府，中透徹之禪，非有相皈依之可到。

四〇、〈春別曲〉

明・周敬、周珽《唐詩選詠會通評林》：

周珽曰：唐人樂府詞，文昌可稱獨步。絕句中如〈成都曲〉、

〈春別曲〉、〈寒塘曲〉、〈涼州辭〉、〈吳楚歌〉、〈楚妃怨〉、〈秋思〉等篇，俱跌蕩風逸，逼真齊梁樂府，中透徹之禪，非有相皈依之可到。

四一、〈廢宅行〉

清‧賀裳《載酒園詩話》又編：

〈廢宅行〉曰：「宅邊青桑垂宛宛，野蠶食葉還成繭。黃雀銜草入燕巢，喷喷啾啾白日晚。去時禾黍埋地中，飢兵掘土翻重重。鴟梟養子庭樹上，曲牆空屋多旋風。」張之傳寫入微。

四二、〈樵客吟〉

明‧周敬、周珽《唐詩選詠會通評林》：

周珽曰：詩以清遠為佳，不以苦刻為貴，固矣。然情到真處，事到實處，音不得不哀，調不得不苦者。說者謂文昌、仲初樂府，瘖啞逼側，每到悲惋，一如兒啼女哭，所為真際雖多，雅道盡喪，不知彼心口手眼各自有精靈不容磨滅光景。如病其欠厚，非善讀二家者也。《詩鏡》云：「七古欲語語生情，自張、王始為此體，盛唐人只寫得大意」，得矣。　唐汝詢曰：文昌樂府，就事直賦，意盡而止，絕不於題外立論。如〈野老〉之哀農，〈別離〉之感戍，〈泗水〉之趨利，〈樵客〉之崇實，〈雀飛〉之避禍，〈烏棲〉之微諷，〈短歌〉之憂生，各有一段微旨可想，語不奧古，實是漢魏樂府正裔。

四三、〈泗水行〉

明‧鍾惺、譚元春《唐詩歸》：

鍾云：靜而澹。　譚云：此首較他作調最古。

明‧周敬、周珽《唐詩選詠會通評林》：

周珽曰：詩以清遠為佳，不以苦刻為貴，固矣。然情到真處，事到實處，音不得不哀，調不得不苦者。說者謂文昌、仲初樂府，瘖啞逼側，每到悲惋，一如兒啼女哭，所為真際雖多，雅道盡喪，不知彼心口手眼各自有精靈不容磨滅

光景。如病其欠厚，非善讀二家者也。《詩鏡》云：「七古
欲語語生情，自張、王始爲此體，盛唐人只寫得大意」，得
矣。　唐汝詢曰：文昌樂府，就事直賦，意盡而止，絕不
於題外立論。如〈野老〉之哀農，〈別離〉之感戍，〈泗水〉
之趨利，〈樵客〉之崇實，〈雀飛〉之避禍，〈烏棲〉之微諷，
〈短歌〉之憂生，各有一段微旨可想，語不奧古，實是漢
魏樂府正裔。

清‧劉邦彥《唐詩歸折衷》：

吳敬夫云：人知寫出曉色，此並及曉聲矣。

清‧王夫之《唐詩評選》：

文昌樂府亦托胎歌謠，特以溫茂自見，故賢於退之、東野
以迫露蒼巉削剝詩理。

四四、〈雀飛多〉

明‧周敬、周珽《唐詩選詠會通評林》：

周珽曰：詩以清遠爲佳，不以苦刻爲貴，固矣。然情到眞處，
事到實處，音不得不哀，調不得不苦者。說者謂文昌、仲初
樂府，瘖啞逼側，每到悲惋，一如兒啼女哭，所爲眞際雖多，
雅道盡喪，不知彼心口手眼各自有精靈不容磨滅光景。如病
其欠厚，非善讀二家者也。《詩鏡》云：「七古欲語語生情，
自張、王始爲此體，盛唐人只寫得大意」，得矣。　唐汝詢
曰：文昌樂府，就事直賦，意盡而止，絕不於題外立論。如
〈野老〉之哀農，〈別離〉之感戍，〈泗水〉之趨利，〈樵客〉
之崇實，〈雀飛〉之避禍，〈烏棲〉之微諷，〈短歌〉之憂生，
各有一段微旨可想，語不奧古，實是漢魏樂府正裔。

四五、〈離婦〉

清‧余成教《石園詩話》卷二：

文昌〈離婦〉云：「有子未必榮，無子坐生悲。」……皆清
麗深婉，稱情而出。

四六、〈惜花〉（卷七）

清‧沈德潛《唐詩別裁集》卷四：

翻出一意，淺人不能道。

參、張籍研究論著集目

一、版本、箋註、評本

1. 唐・張籍撰《張文昌文集》四卷，《宋蜀刻本唐人集叢刊》據北京圖書館藏宋蜀刻本影印，上海古籍出版社，1994 年 9 月一版一刷。

2. 唐・張籍撰《張司業詩集》三卷，宋臨安陳氏書籍鋪刊本，明嘉靖庚戌（二十九年）毘陵蔣孝刊中唐詩本。

3. 唐・張籍撰《張籍集》一卷，《全唐文》六百八十四，《御覽詩》，《才調集》三，《又玄集》，《註解章泉澗泉二先生選唐詩》，《中晚唐詩》，《石倉》四十六，《唐詩鏡》四十一，《中晚唐詩叩彈集》，《全唐詩錄》五十四，《唐律多師集》，《唐律消夏錄》五，《唐二百六十三家詩選》，《眾妙集》，《中晚唐詩紀》。

4. 唐・張籍撰《唐張司業詩集》一卷，《中唐十二家詩集》。

5. 唐・張籍撰《張司業樂府集》一卷，《唐百家詩・中唐二十七家》，《唐人五十家小集》。

6. 唐・張籍撰《唐張司業詩集》八卷，《中唐詩十二家》，《廣十二家唐詩》，《唐詩百名家詩集》。

7. 唐・張籍撰《張司業集》三卷，清抄本（有清・黃丕烈校跋）。

8. 唐・張籍撰《張籍集》三卷，《而庵說唐詩》六、九、十一。

9. 唐・張籍撰《張籍集》二卷，《全唐詩》六函六冊、十一函九冊。

10. 唐・張籍撰《張文昌文集》四卷，《續古逸叢書》。

11. 唐・張籍撰《唐張司業詩集》六卷，明正德十年劉成德刻本。

12. 唐・張籍撰《張司業詩集》六卷，明刻《唐人小集六種》。

13. 唐・張籍撰《張司業詩集》不分卷，寫本（日本靜嘉堂文庫藏）。

14. 唐・張籍撰《張文昌集》八卷，明・張時行輯《合刻兩張先生集》。

15. 唐・張籍撰《張司業集》八卷,《文淵閣四庫全書》據明萬曆中張尚儒刻本影印,臺灣商務印書館,1986 年,第一○七八冊。

16. 唐・張籍撰《張司業詩集》八卷,《四部叢刊初編》據上海涵芬樓藏明刊本影印,上海書店,1989 年 3 月,第一一九冊,,上海商務印書館,1965 年,,臺北,臺灣商務印書館(《國學基本叢書》),1968 年 9 月臺一版。

17. 唐・張籍撰,中華書局上海編輯所編輯《張籍詩集》八卷,附錄一、二,北京,中華書局,1959 年 1 月一版,1965 年 8 月上海第三次印刷。

18. 唐・張籍撰,清聖祖御定《全唐詩・張籍》五卷,第十二冊,北京,中華書局,1960 年 4 月一版,1992 年 10 月第五次印刷。

19. 唐・張籍撰,《張司業詩集》六卷,清・錢謙益、季振宜輯,屈萬里、劉兆祐主編《全唐詩稿本》二二八卷至二九一卷,第三六冊,臺北,聯經出版事業公司,1979 年 9 月初版,1986 年 12 月第二次印行。

20. 唐・張籍撰,陳延傑注《張籍詩注》八卷,臺灣商務印書館,1967 年 9 月臺二版,1971 年 3 月臺二版。

21. 徐澄宇注譯《張王樂府》,上海,古典文學出版社,1957 年。

22. 唐・張籍撰,李樹政選注《張籍王建詩選》,臺北,源流出版社,1983 年 3 月。

23. 唐・張籍撰,李多生注《張籍集注》,合肥,黃山書社,1989 年 12 月一版一刷。

24. 唐・張籍撰,張淑瓊主編《唐詩新賞・張籍》,臺北,地球出版社,1992 年 1 月再版。

25. 唐・張籍撰,陳尚君輯校《全唐詩補編・張籍》(收錄《全唐詩外編》、《全唐詩續拾》),北京,中華書局,1992 年 10 月一版一刷。

26. 陳伯海主編《唐詩論評類編・張籍》,濟南,山東教育出版社,

1993 年 1 月一版一刷。

27. 袁閭琨主編《全唐詩廣選新注集評・張籍》第六卷，瀋陽，遼寧人民出版社，1994 年 8 月一版一刷。

28. 陳伯海主編《唐詩彙評・張籍》，杭州，浙江教育出版社，1995 年 5 月一版一刷。

29. 聞一多撰，孫黨伯、袁謇正主編《聞一多全集・唐詩編中・唐詩大系・張籍》第七冊，武漢，湖北人民出版社，1993 年 12 月一版一刷。

二、專　論

1. 紀作亮撰《張籍研究》，合肥，黃山書社，1986 年 7 月一版一刷。

2. 刁抱石撰編《唐張文昌先生籍年譜》，臺灣商務印書館，1993 年 1 月一版一刷。

三、學位論文

1. 金卿東撰《張籍、王建社會詩研究》，國立臺灣大學中研所碩士論文，1990 年。

2. 張修蓉撰《中唐樂府詩研究》，國立政治大學博士論文，1981 年 5 月，另有臺北，文津出版社，1985 年 10 月版。

3. 方瑜撰《唐詩形成的研究》，國立臺灣大學中研所碩士論文，1971 年。

4. 吳車撰《韓門詩家論評》，輔仁大學中研所碩士論文，1973 年 5 月。

5. 何寄澎撰《唐代邊塞詩研究》，國立臺灣大學中研所碩士論文，1974 年。

6. 馬楊萬運撰《中晚唐詩研究》，國立臺灣大學博士論文，1974 年。

7. 張國相撰《唐代樂府詩之研究》，東海大學中研所碩士論文，1980 年。

8. 呂正惠撰《元和詩人研究》，東吳大學博士論文，1983 年。

9. 陳坤祥撰《唐人論唐詩研究》，中國文化大學博士論文，1986 年。

四、論　文

（一）中　文

1. 錢鍾書撰〈論張文昌〉《談藝錄》（頁 109），開明書店，1937 年。香港，龍門書局，1965 年，臺北，明倫出版社，1970 年。

2. 王怡之撰〈張籍與他的還珠吟〉《中央日報》（大陸），1950 年 9 月 24 日第六版。

3. 李聽風撰〈談張籍樂府中所反映的唐代社會問題〉《文學遺產增刊》，第一輯，1955 年。

4. 一得撰〈唐代詩人張籍〉《安徽日報》，1957 年 4 月 11 日。

5. 卞孝萱撰〈關於王建的幾個問題〉《文學遺產增刊》，第八輯，1958 年。

6. 華忱之撰〈略談張籍及其樂府詩〉《文學遺產增刊》，第七輯，1958 年。

7. 張立英撰〈觀點反動注釋錯誤的「張王樂府」選注〉《學術月刊》，1958 年第八期。

8. 張國偉撰〈試論張籍詩的現實意義〉《唐詩研究論文集》，北京，人民文學出版社，1959 年 2 月。

9. 馬茂元撰〈唐代詩人短論‧張籍〉《人文雜志》，1959 年第二期。

10. 合肥師範學院中文系古典文學教研組編〈安徽歷代文學家小傳——張籍〉《合肥師院學報》，1959 年第二期，《安徽歷代文學家小傳》，合肥，安徽人民出版社，1961 年 3 月一版一刷。

11. 卞孝萱撰〈張籍簡譜〉《安徽史學通訊》，1959 年第四、五期。

12. 馬茂元撰〈說唐詩——《牧童詞》〉《新民晚報》，1961 年 11 月二 14 日。

13. 朱永其撰〈《隴頭行》〉《甘肅日報》，1962 年 4 月 11 日。

14. 羅聯添撰〈張籍年譜〉《大陸雜志》，第二十五卷第四、五、六期，

1962 年，《唐代詩文六家年譜》，臺北，學海出版社，1986 年 7月初版。

15. 羅聯添撰〈張籍之交遊及其作品繫年——張籍年譜附錄之一、二、三〉《大陸雜志》，第二十六卷第十二期，1963 年 6 月，《唐代詩文六家年譜》，臺北，學海出版社，1986 年 7 月初版。

16. 羅聯添撰〈張籍軼事及詩話——張籍年譜附錄之四、五〉《大陸雜志》，第二十七卷第十期，1963 年 11 月，《唐代詩文六家年譜》，臺北，學海出版社，1986 年 7 月初版。

17. 莫乃群撰〈從張籍詩中提出的問題〉《廣西日報》，1963 年 12 月3 日。

18. 楊長慧撰〈張籍及其樂府詩〉（上）（下）《大陸雜志》，第二十八卷第十、十一期，1964 年 5、6 月。

19. 平甬撰〈客觀寫實的張籍——中國文學家故事之十三〉《青年戰士報》，1967 年 10 月二十八日第七版。

20. 默公撰〈張籍及其樂府詩〉《古今談》，第一二○期，1975 年 4 月。

21. 胡傳安撰〈杜甫對後世詩人的影響——杜甫對張籍的影響〉《詩聖杜甫對後世詩人的影響》，臺北，幼獅文化事業公司，1975 年7 月初版，1994 年 5 月二版三印。

22. 吳秀笑撰〈試析「節婦吟」——兼論敘事詩的情節構成〉《中外文學》，第七卷第二期，1978 年 7 月。

23. 朱金城撰〈《白氏長慶集》人名箋證・張籍〉《中華文史論叢》，1979 年第一輯。

24. 朱昌雲、黃緯堂編撰〈談張籍的詩〉《詩詞人述評，中國歷代文藝理論家》，臺北，莊嚴出版社，1979 年 3 月初版。

25. 陳力撰〈試論張籍的樂府詩〉《昆明師院學報》，1979 年第二期。

26. 蕭文苑撰〈論張籍的樂府詩〉《遼寧師院學報》，1980 年第四期。

27. 霍松林撰〈「沙堤」與《官牛》〉《長安》，1980 年第八期。

28. 潘竟翰撰〈張籍繫年考證〉《安徽師大學報》，1981 年第二期。

29. 白應東撰〈張籍和他的樂府詩〉《新疆師範大學學報》，1981 年第二期。

30. 杜若撰〈詩人例作水曹郎〉《臺肥月刊》，第二十二卷第八期，1981 年 9 月。

31. 羅聯添撰〈張籍上韓昌黎書的幾個問題〉《臺靜農先生八十壽慶論文集》，臺北，聯經出版事業公司，1981 年 11 月初版，《唐代文學論集》（下冊），臺北，學生書局，1989 年 5 月初版。

32. 萬曼撰〈張司業集〉《唐集敘錄》，臺北，明文書局，1982 年 2 月初版，1988 年 6 月再版。

33. 呼安泰撰〈張籍詩話及其它〉《藝譚》，1982 年第二期。

34. 龔鵬程撰〈讀張籍詩記〉《讀詩隅記》，臺北，華正書局，1982 年 4 月初版。

35. 鄭敦平撰〈別具一格妙筆生花〉《安徽日報》，1982 年 7 月十八日。

36. 鄭騫撰〈永嘉室札記・張籍贈王建詩〉（上）《書目季刊》，第七卷第一期，1982 年 9 月。

37. 遲乃鵬撰〈張籍、劉禹錫相替主客郎中前後事跡考〉《南充師院學報》，1983 年第二期。

38. 劉開揚撰〈張籍、王建和李賀的詩〉《唐詩通論》，臺北，木鐸出版社，1983 年 4 月初版。

39. 馬家楠撰〈張籍（評傳）〉《中國歷代著名文學家評傳》，第二卷，濟南，山東教育出版社，1983 年 6 月一版，1985 年 2 月一版三刷。

40. 葉正猛撰〈「不曾辛苦學妃豨」〉《學術研究》，1983 年第五期。

41. 潘景翰撰〈窮苦詩人張籍〉《文史知識》，1983 年第十期。

42. 羅聯添撰〈唐代詩文集的校勘問題・「自君去後交遊少」〉《國立編譯館館刊》，第十二卷第二期，1983 年 10 月，《唐代文學論集》（下冊），臺北，學生書局，1989 年 5 月初版。

43. 紀作亮撰〈張籍的籍貫考辨〉《阜陽師範學院學報》，1984 年第一、

二期。

44. 朱宏恢，徐榮街撰〈自成一家，風格多樣——讀張籍詩《野老歌》和《夜到漁家》〉《閱讀與欣賞》，1984 年第九期。

45. 張國光撰〈唐樂府詩人張籍生平考證——兼論張籍詩的分期〉《全國唐詩討論會論文選》，陝西人民出版社，1984 年。

46. 遲乃鵬撰〈張籍生年考〉《溫州師專學報》，1985 年第一期。

47. 絲路撰〈無數鈴聲遙過磧〉《新疆師大學報》，1985 年第一期。

48. 楊宗瑩撰〈白居易研究‧交遊狀況（張籍）〉《白居易研究》，臺北，文津出版社，1985 年 3 月初版。

49. 紀作亮撰〈張籍的思想探析〉《安徽教育學院學報》，1985 年第二期。

50. 高羽撰〈《節婦吟》的寓意〉《江海學刊》，1985 年第三期。

51. 紀作亮撰〈張籍詩歌的美學特色賞析〉（安徽）《社聯通訊》，1985 年第六期。

52. 杭成撰〈試論張籍樂府詩的思想意義〉《鹽城師專學報》（論文選），1985 年。

53. 浦金洲撰〈每見青山憶舊居——和州詩人張籍〉《歷代詩人與安徽》，合肥，黃山書社，1986 年 12 月一版一刷。

54. 謝榮福撰〈張籍雜考二則〉《安徽師大學報》，1987 年第四期。

55. 佟培基撰〈張籍詩重出甄辨〉《河南大學學報》，1987 年第五期。

56. 洪讚撰〈張籍王建的戰爭詩〉《唐代戰爭詩研究》，臺北，文史哲出版社，1987 年 10 月。

57. 李原培撰〈張籍任秘書郎年代小考〉《貴州社會科學》，1987 年第十二期。

58. 郭文鎬撰〈張籍生平二三事考辨〉《唐代文學研究》，第一輯，山西人民出版社，1988 年 3 月一版一刷。

59. 元‧辛文房撰，周本淳校正〈唐才子傳校正‧張籍〉《唐才子傳校正》，臺北，文津出版社，1988 年 3 月初版。

60. 朱宏恢撰〈從白居易張籍的酬唱詩看他們的交往〉《徐州師範學院學報》，1988 年第二期。

61. 蔣勵材撰〈還君明珠雙淚垂——論張籍「節婦吟」〉《中華文化復興月刊》，第二十一卷第五期，1988 年 5 月。

62. 黃浴沂撰〈樂府正宗——張、王樂府〉《唐代新樂府詩人及其代表作品》，臺北，學海出版社，1988 年 6 月初版。

63. 卞孝萱撰〈劉禹錫交遊考·張籍〉《劉禹錫叢考》，成都，巴蜀書社，1988 年 7 月一版一刷。

64. 米春秀撰〈珠聯璧合，以巧取勝——讀《近試上張水部》、《酬朱慶餘》〉《語文學刊》，1988 年第六期。

65. 余嘉錫撰〈張司業集八卷〉《四庫提要辨證》，臺北，藝文印書館，1965 年 9 月初版，1989 年 1 月六版。

66. 吳汝煜撰〈中唐詩人瑣考〉《文學遺產增刊》，十八輯，1989 年 3 月。

67. 元·辛文房撰，傅璇琮主編〈唐才子傳校箋·張籍〉《唐才子傳校箋》，北京，中華書局，第二冊，1989 年 3 月一版一刷、第五冊，1995 年 11 月一版一刷。

68. 廖美雲撰〈新樂府興起背景及其發展·張籍〉《元白新樂府研究》，臺北，學生書局，1989 年 6 月初版。

69. 黎邦農撰〈吃杜詩〉《中國歷代文化名人珍聞錄》（上），上海文藝出版社，1989 年 8 月一版一刷。

70. 宋·計有功撰，王仲鏞校箋〈唐詩紀事校箋·張籍〉《唐詩紀事校箋》，成都，巴蜀書社，1989 年 8 月一版，1992 年 3 月一版二刷。

71. 張智華撰〈活潑歡快，清新優美——析張籍的《采蓮曲》〉《學語文》，1989 年第五期。

72. 紀作亮撰〈張籍年譜〉《阜陽師範學院學報》，1990 年第二期。

73. 吳汝煜、胡可先撰〈全唐詩人名考·張籍〉《全唐詩人名考》，江

蘇教育出版社，1990 年 8 月一版一刷。

74. 高建中撰〈張籍詩歌讀札（三則）〉《中文自學指導》，1990 年第十期。

75. 王簡慧撰〈關於張籍批評韓愈《毛穎傳》的考辨〉《廣州日報》，1990 年 11 月 21 日第六版。

76. 元・辛文房撰，孫映逵校注〈唐才子傳校注・張籍〉《唐才子傳校注》，北京，中國社會科學出版社，1991 年 6 月一版一刷。

77. 金性堯撰〈韓張交誼〉《夜闌話韓柳》，香港，中華書局，1991 年 6 月一版一刷。

78. 呂武志撰〈張籍散文蠡測〉《國文學報》，第二十一期，1992 年 6 月。

79. 許永璋撰〈江蘇歷代文學家・張籍〉《江蘇歷代文學家》，江蘇古籍出版社，1992 年 6 月一版一刷。

80. 周明撰〈「道得人心中事」的藝術——張籍、王建樂府比較〉《江蘇教育學院學報》，1993 年第一期。

81. 李一飛撰〈張籍王建交游考述〉《文學遺產》，1993 年第二期。

82. 許永璋撰〈樂府傳正聲——略論張籍樂府詩的成就與作用〉《許永璋唐詩論文選》，南京出版社，1993 年 12 月一版一刷。

83. 聞一多撰，孫黨伯、袁謇正主編《聞一多全集・唐詩編下・全唐詩補傳乙・張籍》第八冊，武漢，湖北人民出版社，1993 年 12 月一版一刷。

84. 董昌運撰〈以纏綿情意，表節義肝腸——讀張籍《節婦吟》〉《文史知識》，1994 年第五期。

85. 張健撰〈張籍的五絕〉《中國國學》，第二十二期，1994 年 10 月。

86. 張簡坤明撰〈元和詩人張籍寫實詩淺探〉《詩學理論與詮釋》，臺北，駱駝出版社，1995 年 1 月。

87. 吳鶯鶯撰〈張籍的五、七言詩〉《合肥教育學院學報》，1995 年第一期。

88. 周勛初主編〈唐人軼事彙編・張籍〉《唐人軼事彙編》（上冊），
    上海古籍出版社，1995 年 12 月一版一刷。

89. 季鎮淮撰〈張籍二題〉《文學遺產》，1996 年第一期。

90. 陶敏編撰〈全唐詩人名考證・張籍〉《全唐詩人名考證》，西安，
    陝西人民教育出版社，1996 年 8 月一版一刷。

91. 佟培基編撰〈全唐詩重出誤收考・張籍〉《全唐詩重出誤收考》，
    西安，陝西人民教育出版社，1996 年 8 月一版一刷。

（二）日　文

1. 長田夏樹撰〈王建詩傳繫年筆記──王建と張籍と渭洛〉《神戶
   外大論叢》十二卷三期，1961 年 8 月。

2. 增田清秀撰〈唐人の樂府觀と中唐詩人の樂府〉《樂府の歷史的
   研究》，東京，創文社，1975 年 3 月一版，1981 年 11 月一版二
   刷。

3. 丸山茂撰〈張籍「傷歌行」とその　背景──京兆尹楊憑左遷事
   件〉《東方學》，第六十三輯，1982 年 1 月。

4. 丸山茂撰〈韓愈の張籍評價について〉《漢學研究》第十五號。

5. 丸山茂撰〈張籍と白居易の交流〉（上）（中）《漢學研究》，第二
   十、二十一號。

6. 赤井益久撰〈張王樂府論〉（上）（下）《漢文學會會報》（國學院
   大學），第二十六、二十七輯。

五、資料、索引與工具書

1. 丸山茂編，平岡武夫校《張籍歌詩索引》，日本京都朋友書店，
   1976 年 10 月。

2. 欒貴明等編撰《全唐詩索引・張籍卷》，現代出版社，1994 年 3
   月一版一刷。

3. 史成編《全唐詩索引》，上海古籍出版社，1990 年 12 月一版，1993
   年 11 月一版二刷。

4. 平岡武夫、市原亨吉、今井清編《唐代的詩篇》，上海古籍出版社，1991 年 1 月一版一刷。

5. 平岡武夫、市原亨吉編《唐代的詩人》，上海古籍出版社，1991 年 1 月一版一刷。

6. 吳汝煜主編《唐五代人交往詩索引》，上海古籍出版社，1993 年 5 月一版一刷。

7. 方積六、吳多秀編撰《唐五代五十二種筆記小說人名索引》，北京，中華書局，1992 年 7 月一版一刷。

8. 傅璇琮、張忱石、許逸民編撰《唐五代人物傳記資料綜合索引》，北京，中華書局，1980 年初版，1992 年 7 月修訂再版，，臺北，文史哲出版社，1993 年 12 月臺一版。

9. 謝巍編撰《中國歷代人物年譜考錄》，北京，中華書局，1992 年 11 月一版一刷。

10. 周祖譔主編《中國文學家大辭典》（唐五代卷），北京，中華書局，1992 年 9 月一版一刷。

11. 羅洛主編《詩學大辭典》（中國詩歌卷），合肥，安徽文藝出版社，1995 年 10 月一版一刷。

12. 常振國、降雲編輯《歷代詩話論作家》，臺北，黎明文化事業股份有限公司，1993 年 9 月初版。

13. 傅增湘撰《藏園群書經眼錄》，第四冊，北京，中華書局，1983 年。

14. 王民信主編《中國歷代詩文別集聯合書目》，第四輯，臺北，聯經出版事業公司，1982 年 12 月初版。

15. 陳伯海、朱易安編撰《唐詩書錄》，濟南，齊魯書社，1988 年 12 月一版一刷。

16. 宋・陳振孫撰，徐小蠻、顧美華點校《直齋書錄解題》，上海古籍出版社，1987 年 12 月一版一刷。

17. 清・陳廷桂纂輯《歷陽典錄》（卷一、七、十三、二十、二十四）、

《歷陽典錄補編》（人物一、史事二、詩話一），《中國方志叢書》‧華中地方‧第二二九號，據清嘉慶三年修，同治六年刊本影印，臺北，成文出版社，1974 年。

18. 清‧高照、朱大紳等撰《直隸和州志》，《中國方志叢書》‧華中地方‧第七二○號，據清光緒二十七年刊本影印，臺北，成文出版社，1974 年。

19. 後晉‧劉昫等撰〈張籍傳〉《舊唐書》卷一百六十，列傳第一百一十，北京，中華書局，1991 年 12 月一版四刷。

20. 宋‧歐陽修、宋祁撰〈韓愈傳〉附傳《新唐書》卷一百七十六，列傳第一百一，北京，中華書局，1991 年 12 月一版四刷。

21. 宋‧張孝祥撰《于湖居士文集》（卷第三十七、〈張安國傳〉、〈宣城張氏信譜傳〉），《四部叢刊初編》據上海涵芬樓借慈谿李氏藏宋刊本影印，上海書店，1989 年 3 月，第一七五冊。

22. 〈文學名家列傳‧張籍〉《中國歷代文學典‧文學典》第五十六卷，文學名家列傳四十四，江蘇廣陵古籍刻印社影印，1992 年 10 月一版一刷。

23. 明‧陶宗儀撰《書史會要》卷五（頁 152），上海書店，1984 年 11 月一版一刷。

24. 宋‧佚名《宣和書譜》卷九‧行書三，北京，中華書局，1985 年新一版。

25. 清‧勞格，趙鉞撰，徐敏霞、王桂珍點校《唐尚書省郎官石柱題名考》卷二十五（頁 942），北京，中華書局，1992 年 4 月一版一刷。

26. 岑仲勉撰《郎官石柱題名新考訂》（外三種）（頁 182），上海古籍出版社，1984 年 5 月一版一刷。

27. 岑仲勉撰《唐人行第錄》（外三種）（頁 117），臺北，九思出版社，1978 年 2 月臺一版。

28. 宋‧晁公武撰《郡齋讀書志》卷十七（頁 269～270），日本，中

文出版社，1978 年 7 月出版。

29. 清・徐松撰，趙守儼點校《登科記考》卷十四（頁 524），北京，
中華書局，1984 年 8 月一版，1993 年 9 月一版二刷。

30. 喬象鍾、陳鐵民主編《唐代文學史》，北京，人民文學出版社，
1995 年 12 月一版一刷。

參考書目

壹、專 書

一、經 部

1. 《詩經》，收入《十三經注疏》（第二冊，卷第一，頁 11），臺北，藝文印書館，1989 年 1 月十一版。

2. 《儀禮》，收入《十三經注疏》（第四冊，卷第三十，頁 355 上），臺北，藝文印書館，1989 年 1 月十一版。

3. 宋・朱熹撰《詩集傳》，收入《四部叢刊三編》，上海，上海書店，1985 年 7 月。

二、史 部

1. 漢・司馬遷撰，宋・裴駰集解，唐・司馬貞索隱，唐・張守節正義，許東方校訂《史記》，臺北，宏業書局，1990 年 10 月再版。

2. 漢・班固等撰《前漢書》，收入《四部備要》，北京，中華書局，1989 年 3 月一版一刷。

3. 漢・班固撰，唐・顏師古注《漢書》，北京，中華書局，1987 年 12 月一版五刷。

4. 漢・班固撰《漢書・食貨志》，收入《叢書集成初編》，北京，中華書局，1985 年。

5. 梁・蕭子顯撰《南齊書》，臺北，鼎文書局，1975 年 3 月初版。

6. 梁・沈約撰，楊家駱主編《新校本宋書附索引》，臺北，鼎文書局，1975 年 6 月初版。

7. 唐・李林甫等撰《唐六典》，北京，中華書局，1992 年 1 月一版一刷。

8. 唐・李吉甫撰，賀次君點校《元和郡縣圖志》，北京，中華書局，1995 年 1 月一版二刷。

9. 唐・李肇撰《唐國史補》，臺北，世界書局，1991 年 6 月四版。

10. 唐・杜佑撰《通典》，長沙，岳麓書社，1995 年 11 月一版一刷。

11. 後晉・劉昫等撰《舊唐書》，北京，中華書局，1991 年 12 月一版四刷。

12. 宋・歐陽修、宋祁撰《新唐書》，北京，中華書局，1991 年 12 月一版四刷。

13. 宋・王溥撰《唐會要》，臺北，世界書局，1989 年 4 月版。

14. 宋・范祖禹撰《唐鑑》，新疆青少年出版社，1995 年 9 月一版一刷。

15. 宋・樂史撰《太平寰宇記》，收入《文淵閣四庫全書》第四六九、四七○冊，臺北，臺灣商務印書館，1986 年。

16. 宋・王溥撰《唐會要》，臺北，世界書局，1989 年 4 月五版。

17. 宋・司馬光編撰《資治通鑑》，上海，上海古籍出版社，1990 年 6 月。

18. 清・紀昀等編纂《四庫全書總目》，臺北，藝文印書館，1989 年 1 月六版。

19. 清・蕭穆撰《敬孚類稿》，收入沈雲龍主編《近代中國史料叢刊》第四十三輯，第四二六冊，臺北，文海出版社，1969 年。

20. 清・陳廷桂纂輯《歷陽典錄》三十四卷、補編六卷，收入《中國方志叢書》據清嘉慶三年修，同治六年刊本影印，臺北，成文出版社，1974 年。

21. 清・徐松撰，李健超增訂《增訂唐兩京城坊考》，西安，三秦出版社，1996 年 2 月一版一刷。

22. 清・趙翼撰《二十二史箚記校證》，臺北，王記書坊出版，1984 年 9 月版。

23. 清・王夫之撰《讀通鑑論》，北京，中華書局，1995 年 5 月一版二刷。

三、子 部

1. 唐・馮贄撰《雲仙雜記》，收入王汝濤編校《全唐小說》第四卷，濟南，山東文藝出版社，1993 年 3 月一版一刷。

2. 唐・趙璘撰《因話錄》，收入王汝濤編校《全唐小說》第三卷，濟南，山東文藝出版社，1993 年 3 月一版一刷。

四、集　部

（一）總集、選集

1. 清・沈德潛編《古詩源》，臺北，世界書局，1980 年 10 月四版。

2. 陳・徐陵編《玉臺新詠》，臺北，世界書局，1980 年 10 月四版。

3. 梁・蕭統撰，唐・李善注《文選》，臺北，藝文印書館，1991 年 12 月十二版。

4. 宋・郭茂倩編撰《樂府詩集》，臺北，里仁書局，1981 年 3 月一版一刷。

5. 高步瀛撰《唐宋文舉要》，臺北，漢京文化事業有限公司，1984 年 5 月初版。

6. 清・董誥等編《全唐文》（附唐文拾遺、唐文續拾、讀全唐文札記），上海，上海古籍出版社，1990 年 12 月一版，1993 年 11 月一版二刷。

7. 清・曹寅奉敕編《全唐詩》，北京，中華書局，1992 年 10 月一版五刷。

8. 陳尚君輯校《全唐詩補編》，北京，中華書局，1992 年 10 月一版一刷。

9. 清・王先謙撰《漢鐃歌釋文箋正》，臺北，藝文印書館，1974 年 4 月三版。

10. 清・蘅塘退士手編，鴛湖散人撰輯《唐詩三百首集釋》，臺北，藝文印書館，一九七七年 10 月初版。

11. 元結編《篋中集》，收入王雲五主編《四庫全書珍本》十一集，臺北，臺灣商務印書館。

12. 焦文彬、張登第、魯安澍編撰《大曆十才子詩選》，西安，陝西人民出版社，1988 年 9 月一版一刷。

13. 傅璇琮編撰《唐人選唐詩新編》，西安，陝西人民教育出版社，1996 年 7 月一版一刷。

（二）別　集

1. 唐・元稹撰《元稹集》，臺北，漢京文化事業有限公司，1983 年 10 月。

2. 唐・賈島撰，李嘉言新校《長江集新校》，上海，上海古籍出版社，1983 年 11 月一版一刷。

3. 唐・元結撰《元次山集》，臺北，世界書局，1984 年 10 月再版。

4. 唐・李白撰，詹瑛主編《李白全集校注彙釋集評》，天津，新華書店

天津發行所，1996 年 12 月一版一刷。

5. 唐・杜甫撰，清・仇兆鰲注《杜詩詳註》，臺北，漢京文化事業有限公司，1984 年 3 月。

6. 唐・白居易撰《白居易集》，臺北，漢京文化事業有限公司，1984 年 3 月初版。

7. 唐・白居易撰，朱金城箋校《白居易集箋校》，上海，上海古籍出版社，1988 年 12 月一版一刷。

8. 唐・孟浩然撰，李景白校注《孟浩然詩集校注》，成都，巴蜀書社，1988 年 3 月一版一刷。

9. 唐・劉禹錫撰，瞿蛻園箋證《劉禹錫集箋證》，上海，上海古籍出版社，1989 年 12 月一版一刷。

10. 唐・劉禹錫撰，《劉禹錫集》整理組點校，卞孝萱校訂《劉禹錫集》，北京，中華書局，1990 年 3 月一版一刷。

11. 唐・盧綸撰，劉初棠校注《盧綸詩集校注》，上海，上海古籍出版社，1989 年 9 月一版一刷。

12. 唐・李益撰，王亦軍、裴豫敏編注《李益集注》，蘭州，甘肅人民出版社，1989 年 12 月一版一刷。

13. 唐・孟郊撰，華忱之、喻學才校注《孟郊詩集校注》，北京，人民文學出版社，1995 年 12 月一版一刷。

14. 唐・韓愈撰，錢仲聯編《韓昌黎詩繫年集釋》，臺北，學海出版社，1985 年 1 月初版。

15. 唐・韓愈撰，屈守元、常思春主編《韓愈全集校注》，成都，四川大學出版社，1996 年 7 月一版一刷。

16. 唐・顧況撰，王啟興、張虹注《顧況詩注》，上海，上海古籍出版社，1994 年 6 月一版一刷。

17. 唐・錢起撰，阮廷瑜校注，國立編譯館主編《錢起詩集校注》，臺北，新文豐出版股份有限公司，1996 年 2 月初版。

18. 唐・杜牧撰《樊川文集》，臺北，漢京文化事業有限公司，1983 年 11 月初版。

19. 宋・賀鑄撰《慶湖遺老詩集》，收入王雲五主編《四庫全書珍本》八集，第一五六冊，臺北，臺灣商務印書館，1978 年。

20. 宋・吳龍翰撰《古梅遺稿》，收入王雲五主編《四庫全書珍本》三集，第二五四冊，臺北，臺灣商務印書館，1978 年。

21. 宋・王安石撰《臨川文集》，收入《文淵閣四庫全書》，臺灣商務印書館，1986 年，第一一〇五冊。

22. 宋‧張孝祥撰《于湖居士文集》，收入《四部叢刊初編》，上海書店，第一七五冊。

23. 宋‧蘇軾撰《蘇軾詩集》，北京，中華書局，1992 年 4 月一版三刷。

24. 宋‧蘇軾撰《蘇東坡全集》，河北，中國書店，1994 年 12 月一版四刷。

（三）楚辭類

1. 宋‧洪興祖撰《楚辭補注》，收入《四部刊要》，臺北，漢京文化事業有限公司，1983 年 9 月初版。

五、詩文評論雜著

1. 梁‧劉勰撰，黃叔琳等注《文心雕龍注》，臺北，宏業書局，1982 年 9 月再版。

2. 梁‧劉勰撰，劉永濟校釋《文心雕龍校釋》，臺北，正中書局，1948 年 10 月臺初版，1991 年 9 月臺初版第八次印行。

3. 梁‧鍾嶸撰，曹旭集注《詩品集注》，上海，上海古籍出版社，1994 年 10 月。

4. 唐‧張為撰《詩人主客圖》，收入丁福保輯《歷代詩話續編》，臺北，木鐸出版社，1988 年 7 月初版。

5. 唐‧皎然撰，周維德校注《詩式》，杭州，浙江古籍出版社，1993 年 10 月一版一刷。

6. 宋‧蘇軾撰《東坡詩話》，收入《詩話叢刊》，臺北，弘道文化事業有限公司，1970 年 3 月初版。

7. 宋‧胡仔纂集《苕溪漁隱叢話》，北京，人民文學出版社，1962 年 6 月一版，1993 年 11 月二版四刷。

8. 宋‧劉克莊撰，王秀梅點校《後村詩話》，北京，中華書局，1983 年 12 月一版一刷。

9. 宋‧王灼撰《碧雞漫志》，收入唐圭璋編《詞話叢編》，北京，中華書局，1986 年 11 月第一版，1993 年 12 月一版三刷。

10. 宋‧曾季貍撰《艇齋詩話》，收入丁福保輯《歷代詩話續編》，臺北，木鐸出版社，1988 年 7 月初版。

11. 宋‧張戒撰《歲寒堂詩話》，收入丁福保輯《歷代詩話續編》，臺北，木鐸出版社，1988 年 7 月初版。

12. 宋‧計有功撰，王仲鏞校箋《唐詩紀事校箋》，成都，巴蜀書社，1992 年 3 月一版二刷。

13. 宋‧魏泰撰《臨漢隱居詩話》，收入清‧何文煥輯《歷代詩話》，北京，中華書局，1992年5月一版三刷。

14. 宋‧歐陽修撰《六一詩話》，收入清‧何文煥輯《歷代詩話》，北京，中華書局，1992年5月一版三刷。

15. 宋‧尤袤撰《全唐詩話》，收入清‧何文煥輯《歷代詩話》，北京，中華書局，1992年5月一版三刷。

16. 宋‧周紫芝撰《竹坡詩話》，收入清‧何文煥輯《歷代詩話》，北京，中華書局，1992年5月一版三刷。

17. 宋‧劉攽撰《中山詩話》，收入清‧何文煥輯《歷代詩話》，北京，中華書局，1992年5月一版三刷。

18. 宋‧嚴羽撰《滄浪詩話》，收入清‧何文煥輯《歷代詩話》，北京，中華書局，1992年5月一版三刷。

19. 宋‧葛立方撰《韻語陽秋》，收入清‧何文煥輯《歷代詩話》，北京，中華書局，1992年5月一版三刷。

20. 宋‧強行父撰《唐子西文錄》，收入清‧何文煥輯《歷代詩話》，北京，中華書局，1992年5月一版三刷。

21. 宋‧許顗撰《彥周詩話》，收入清‧何文煥輯《歷代詩話》，北京，中華書局，1992年5月一版三刷。

22. 宋‧洪邁撰《容齋隨筆》，上海，上海古籍出版社，1995年3月一版三刷。

23. 宋‧陳師道撰《後山詩話》，收入清‧何文煥輯《歷代詩話》，北京，中華書局，1992年5月一版三刷。

24. 宋‧嚴羽撰，郭紹虞校釋《滄浪詩話校釋》，臺北，里仁書局，1987年4月版。

25. 金‧元好問撰，劉澤注《元好問論詩三十首集說》，太原，山西人民出版社，一版一刷。

26. 元‧范，撰《木天禁語》，收入清‧何文煥輯《歷代詩話》，北京，中華書局，1992年5月一版三刷。

27. 元‧吳師道撰《吳禮部詩話》，收入丁福保輯《歷代詩話續編》，臺北，木鐸出版社，1988年7月初版。

28. 元‧楊士宏撰《唐音》，收入王雲五主編《四庫全書珍本十二集‧集部八》，臺北，臺灣商務印書館。

29. 明‧胡應麟撰《詩藪》，上海，上海古籍出版社，1979年11月一版一刷。

30. 明‧胡震亨撰《唐音癸籤》，上海，上海古籍出版社，1981年5月第

一版，1984 年 8 月一版二刷。

31. 明・李東陽撰《麓堂詩話》，收入丁福保輯《歷代詩話續編》，臺北，木鐸出版社，1988 年 7 月初版。

32. 明・王世貞撰《藝苑卮言》，收入丁福保輯《歷代詩話續編》，臺北，木鐸出版社，1988 年 7 月初版。

33. 明・謝榛撰《四溟詩話》，收入丁福保輯《歷代詩話續編》，臺北，木鐸出版社，1988 年 7 月初版。

34. 明・陸時雍撰《詩鏡總論》，收入丁福保輯《歷代詩話續編》，臺北，木鐸出版社，1988 年 7 月初版。

35. 明・楊慎撰，王仲鏞箋證《升庵詩話箋證》，上海，上海古籍出版社，1987 年 12 月一版一刷。

36. 明・高，編選《唐詩品彙》，上海，上海古籍出版社，1988 年 7 月二版一刷。

37. 清・翁方綱撰《石洲詩話》，臺北，木鐸出版社，1982 年 5 月初版。

38. 清・賀貽孫撰《詩筏》，收入郭紹虞編選、富壽蓀校點《清詩話續編》，臺北，木鐸出版社，1983 年 12 月初版。

39. 清・賀裳撰《載酒園詩話》，收入郭紹虞編選、富壽蓀校點《清詩話續編》，臺北，木鐸出版社，1983 年 12 月初版。

40. 清・吳喬撰《圍爐詩話》，收入郭紹虞編選、富壽蓀校點《清詩話續編》，臺北，木鐸出版社，1983 年 12 月初版。

41. 清・潘德輿撰《養一齋詩話》，收入郭紹虞編選、富壽蓀校點《清詩話續編》，臺北，木鐸出版社，1983 年 12 月初版。

42. 清・毛先舒撰《詩辯坻》，收入郭紹虞編選、富壽蓀校點《清詩話續編》，臺北，木鐸出版社，1983 年 12 月初版。

43. 清・余成教撰《石園詩話》，收入郭紹虞編選、富壽蓀校點《清詩話續編》，臺北，木鐸出版社，1983 年 12 月初版。

44. 清・管世銘撰《讀雪山房唐詩序例》，收入郭紹虞編選、富壽蓀校點《清詩話續編》，臺北，木鐸出版社，1983 年 12 月初版。

45. 清・劉熙載撰《藝概・詩概》，臺北，華正書局有限公司，1988 年 9 月版。

46. 清・田雯撰《古歡堂集雜著》，收入郭紹虞編選、富壽蓀校點《清詩話續編》，臺北，木鐸出版社，1983 年 12 月初版。

47. 清・陸鎣撰《問花樓詩話》，收入郭紹虞編選、富壽蓀校點《清詩話續編》，臺北，木鐸出版社，1983 年 12 月初版。

48. 清·趙翼撰《甌北詩話》，收入郭紹虞編、富壽蓀校點《清詩話續編》，臺北，木鐸出版社，1983 年 12 月初版。

49. 清·宋犖撰《漫堂說詩》，收入丁福保輯《清詩話》，臺北，西南書局有限公司，1979 年 11 月初版。

50. 清·郎廷槐編《師友詩傳錄》，收入丁福保輯《清詩話》，臺北，西南書局有限公司，1979 年 11 月初版。

51. 清·劉大勤編《師友詩傳續錄》，收入丁福保輯《清詩話》，臺北，西南書局有限公司，1979 年 11 月初版。

52. 清·王士禎口授、何世琪述《然鐙記聞》，收入丁福保輯《清詩話》，臺北，西南書局有限公司，1979 年 11 月初版。

53. 清·王士禎撰，清·惠棟、金榮注《漁洋精華錄集注》，山東，齊魯書社，1992 年 1 月一版一刷。

54. 清·薛雪撰《一瓢詩話》，收入丁福保輯《清詩話》，臺北，西南書局有限公司，1979 年 11 月初版。

55. 清·葉燮撰《原詩》，收入丁福保輯《清詩話》，臺北，西南書局有限公司，1979 年 11 月初版。

56. 清·王夫之撰《薑齋詩話》，收入丁福保輯《清詩話》，臺北，西南書局有限公司，1979 年 11 月初版。

57. 清·沈濤撰《匏廬詩話》，收入杜松柏編《清詩話訪佚初編》第三冊，臺北，新文豐出版公司，1987 年 6 月。

58. 清·沈德潛編《唐詩別裁集》，上海，上海古籍出版社，1992 年 7 月一版四刷。

59. 清·沈德潛撰，蘇文擢詮評《說詩晬語詮評》，臺北，文史哲出版社，1985 年 10 月再版。

60. 清·虞兆，撰《天香樓偶得》，收入《四庫全書存目叢書·子部》九八冊，臺南，莊嚴文化事業有限公司，1995 年 9 月初版一刷。

61. 清·許印芳撰，張文勛、鄭思禮、姜文清注《許印芳詩論評注》，昆明，雲南教育出版社，1992 年 6 月一版一刷。

六、人物與史地及工具書

1. 南朝宋·劉義慶撰，楊勇校箋《世說新語校箋》，臺北，正文書局，1988 年 1 月出版。

2. 唐·林寶撰，岑仲勉校記《元和姓纂》（附四校記），北京，中華書局，1994 年 5 月一版一刷。

3. 宋·呂大防等撰，徐敏霞校輯《韓愈年譜》，北京，中華書局，1991

年 5 月一版一刷。

4. 元・辛文房撰，傅璇琮主編《唐才子傳校箋》，北京，中華書局，1987 年 5 月一版一刷。

5. 清・張爾田編纂《玉谿生年譜會箋》，臺北，中華書局，1984 年 12 月臺三版。

6. 清・勞格，趙鉞撰，徐敏霞、王桂珍點校《唐尚書省郎官石柱題名考》，北京，中華書局，1992 年 4 月一版一刷。

7. 清・徐松撰，趙守儼點校《登科記考》，北京，中華書局，1993 年 9 月一版二刷。

8. 卞孝萱撰《劉禹錫年譜》，上海，中華書局，1963 年。

9. 卞孝萱撰《劉禹錫叢考》，四川，巴蜀書社，1988 年 7 月一版一刷。

10. 岑仲勉撰《唐人行第錄》（外三種），臺北，九思出版社，1978 年 2 月臺一版。

11. 傅璇琮撰《唐代詩人叢考》，北京，中華書局，1980 年 1 月一版，1996 年 2 月一版三刷。

12. 《元稹傳記資料》，中國人民大學書報資料社，1982 年。

13. 李紹成等編《江蘇歷代文學家》，江蘇古籍出版社，1992 年 6 月一版一刷。

七、研究年鑑與論文索引

1. 羅聯添、王國良編《唐代文學論著集目》，臺北，學生書局，1979 年 7 月初版，1984 年 11 月增訂再版。

2. 中國唐代文學學會、陝西師範大學中文系編《唐代文學研究年鑑》一九八三，西安，陝西人民出版社，1984 年 3 月一版一刷。

3. 中國唐代文學學會、陝西師範大學中文系編《唐代文學研究年鑑》一九八四，西安，陝西人民出版社，1985 年 6 月一版一刷。

4. 中國唐代文學學會、陝西師範大學中文系編《唐代文學研究年鑑》一九八五，西安，陝西人民出版社，1987 年 2 月一版一刷。

5. 中國唐代文學學會、陝西師範大學中文系編《唐代文學研究年鑑》一九八六，西安，陝西人民出版社，1987 年 9 月一版一刷。

6. 中國唐代文學學會、陝西師範大學文研所編《唐代文學研究年鑑》一九八七，西安，陝西人民出版社，1988 年 8 月一版一刷。

7. 霍松林、傅璇琮主編《唐代文學研究年鑑》一九八九、一九九○合輯，桂林，廣西師範大學出版社，1991 年 9 月一版一刷。

8. 霍松林、傅璇琮主編《唐代文學研究年鑑》1991 年，桂林，廣西師

範大學出版社，1992 年 8 月一版一刷。

9. 霍松林、傅璇琮主編《唐代文學研究年鑑》1992 年，桂林，廣西師範大學出版社，1993 年 11 月一版一刷。

10. 傅璇琮主編《唐代文學研究年鑑》1993、1994 年合輯，桂林，廣西師範大學出版社，1996 年 8 月一版一刷。

11. 中國社會科學院文學研究所、《中國文學研究年鑑》編輯委員會編《中國文學研究年鑑》1987 年，北京，中國文聯出版公司，1989 年 11 月一版一刷。

12. 中國社會科學院文學研究所、《中國文學研究年鑑》編輯委員會編《中國文學研究年鑑》1988 年，北京，中國文聯出版公司，1990 年一版一刷。

13. 中國社會科學院文學研究所、《中國文學年鑑》編輯委員會編《中國文學年鑑》1994 年，北京，社會科學文獻出版社，1995 年 7 月一版一刷。

14. 中華文化復興運動推行委員會編《中國文化研究論文目錄》（民國三十五年～六十八年）第二冊，臺北，商務印書館，1988 年 1 月初版。

15. 中華文化復興運動推行委員會編《中國文化研究論文目錄》（民國三十五年～六十八年）第五冊，臺北，商務印書館。

16. 中山大學中文系資料室編《中國古典文學研究論文索引》1949～1980 年，廣西人民出版社。

17. 中國社會科學院文學研究所圖書資料室編《中國古典文學研究論文索引》1966 年 7 月～1979 年 12 月，北京，中華書局，1982 年 5 月一版一刷。

18. 中國社會科學院文學研究所資料室編《中國古典文學研究論文索引》1980 年 1 月～1981 年 12 月，北京，中華書局，1983 年 5 月。

19. 中國社會科學院文學研究所資料室編《中國古典文學研究論文索引》1982 年 1 月～1983 年 12 月，北京，中華書局，1985 年 10 月。

20. 《東洋學文獻類目》1981 年度，臺北，捷幼出版社，1990 年 12 月初版。

21. 《東洋學文獻類目》1982 年度，臺北，捷幼出版社，1990 年 12 月初版。

22. 《東洋學文獻類目》1983 年度，臺北，捷幼出版社，1990 年 12 月初版。

23. 《東洋學文獻類目》1984 年度，臺北，捷幼出版社，1990 年 12 月初版。

24. 《東洋學文獻類目》1985 年度，臺北，捷幼出版社，1990 年 12 月初版。

八、通論、專論

1. 馮沅君、陸侃如撰《中國詩史》，藍田出版社。

2. 夏敬觀撰《唐詩說》，臺北，河洛圖書出版社，1975 年初版。

3. 劉大杰撰《中國文學發達史》，臺北，中華書局，1976 年 8 月臺八版。

4. 前野直彬等撰，洪順隆譯《中國文學概論》，臺北，成文出版社，1980 年。

5. 陳寅恪撰《元白詩箋證稿》，收入《陳寅恪文集》之六，上海，上海古籍出版社，1982 年 2 月一版一刷。

6. 楊生枝撰《樂府詩史》，西寧，青海人民出版社，1985 年 1 月一版一刷。

7. 李師建崑撰《元次山之生平及其文學》，臺北，臺灣商務印書館，1986 年 5 月初版。

8. 胡適撰《白話文學史》，臺北，遠流出版事業股份有限公司，1986 年 7 月一版。

9. 羅宗強撰《隋唐五代文學思想史》，上海，上海古籍出版社，1986 年 8 月一版一刷。

10. 李曰剛撰《中國詩歌流變史》，臺北，文津出版社，1987 年 2 月。

11. 李慶、武蓉撰《中國詩史漫筆》，北京，中國文聯出版公司，1988 年 6 月一版一刷。

12. 羅聯添撰《韓愈研究》，臺北，學生書局，1988 年 7 月增訂三版。

13. 金啓華撰《新編中國文學簡史》，鄭州，中州古籍出版社，1989 年 1 月。

14. 王夢鷗撰《文學概論》，臺北，藝文印書館，1989 年 8 月。

15. 蔣紹愚撰《唐詩語言研究》，鄭州，中州古籍出版社，1990 年 5 月一版一刷。

16. 游國恩撰《中國文學史》，臺北，五南圖書出版公司，1990 年 11 月初版。

17. 中國社會科學院文學研究所編《中國文學史》，北京，人民文學出版社，1991 年。

18. 鄭賓于撰《中國文學流變史》，鄭州，中州古籍出版社，1991 年 9 月一版一刷。

19. 傅樂成撰《漢唐史論集》，臺北，聯經出版事業公司，1991 年 12 月六版。

20. 梁啓超撰《中國韻文裏頭所表現的情感》，臺北，中華書局，1992 年 12 月。

21. 聞一多撰，孫黨伯、袁謇正主編《聞一多全集》，武漢，湖北人民出版社，1993 年 12 月一版一刷。

22. 許總撰《唐詩體派論》，臺北，文津出版社，1994 年 10 月初版。

23. 馬積高等主編《中國古代文學史》中冊，長沙，湖南文藝出版社，1994 年 10 月一版二刷。

24. 陳玉剛撰《中國古代詩詞曲史》，南昌，百花洲文藝出版社，1995 年 2 月。

25. 周生亞撰《古代詩歌修辭》，北京，語文出版社，1995 年 4 月一版一刷。

26. 劉經庵撰《中國純文學史綱》，北京，東方出版社，1996 年 3 月。

貳、論　文

一、期刊論文

1. 邱燮友撰〈樂府詩的特性及其源流〉《幼獅月刊》，第四十七卷第六期。

2. 姚一葦撰〈中國詩中的人稱問題芻論〉《華岡學報》第五期。

3. 程湘清撰〈試論樂府民歌的語言美〉《古典文學論叢》第二輯，濟南，齊魯書社，1981 年 9 月一版一刷。

4. 吳庚舜撰〈略論唐代樂府詩〉《文學遺產》，1982 年第三期。

5. 黃景進撰〈中國詩中的寫實精神〉《中國詩歌研究》，臺北，中央文物供應社，1985 年 6 月。

6. 邱燮友撰〈唐代新樂府運動的時代使命〉《國文學報》第十五期，1986 年 6 月。

7. 商偉撰〈論唐代的古題樂府〉《文學遺產》，1987 年第二期。

8. 朱繼琢撰〈談唐代新樂府的幾個問題〉《廣東民族學院學報》，1988 年第二期。

9. 董乃斌撰〈論中晚唐的邊塞詩〉，收入中國唐代文學學會・第二屆年會《唐代邊塞詩研究論文選粹》下冊，蘭州，甘肅教育出版社，1988 年 5 月一版一刷。

10. 李師建崑撰〈韓孟詩人集團之詩歌唱和研究〉，八十四年度行政院國科會專題研究計劃。

11. 葛曉音撰〈新樂府的緣起和界定〉《中國社會科學》，1995 年第三期。

12. 葛曉音撰〈論杜甫的新題樂府〉《社會科學戰線》，1996 年第一期。

二、學位論文

1. 金銀雅撰《盛唐樂府詩研究》，國立政治大學博士論文，1990 年 6 月。

2. 李師建崑撰《韓愈詩探析》，國立臺灣師範大學博士論文，1991 年 11 月。

3. 呂惠貞撰《元稹及其詩研究》，國立臺灣大學碩士論文，1993 年 6 月。

　　附註：本論文中之參考書目，若與附錄貳之〈張籍研究論著集目〉重覆者，概不列入。